精神科的故事

在游泳池

〔日〕奥田英朗 著
王维幸 译

南海出版公司

新经典文化股份有限公司
www.readinglife.com
出 品

目 录 /

在游泳池 —— 1

59 —— 持续勃起

105 —— 接待员

朋友 —— 155

201 —— 坐立不安

在游泳池

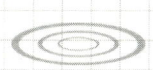

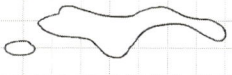

1

伊良部综合医院地下一楼连一个人影都没有，冷清极了。大森和雄叹着气，抬头望着那块写有"精神科"字样的牌子。这里没有外部采光，荧光灯苍白的光线显得惨淡无力，或许是心理作用在作怪吧，就连空气都让人觉得冷冰冰的。

让人家委婉地轰了出来——和雄心里总有这样的感觉。由于身体不适，连日来他一直往医院跑，可年轻的内科医生却对他异常冷淡。昨天采血之后，那位医生甚至不无讽刺地对他说"要不要喝瓶养乐多"。X光和尿检都没有异常，拖到今天，医生终于不耐烦地建议他去精神科看一下。"那位大夫有点奇怪，不过熟悉之后就无所谓了。"年轻的内科医生脸上浮出僵硬的微笑，不再搭理和雄了。

最近的医院真是不像话，根本不拿门诊患者当回事。

和雄战战兢兢地敲敲门，里面传来一个尖锐的声音："欢迎光临——"就像长嶋教练①的声音一样。和雄走进诊室。

抬头一看,只见一个四十岁出头的胖医生敦敦实实地坐在单人沙发上。诊室一角的桌子旁,一个染着褐色头发的年轻护士正在看周刊杂志,瞥都不瞥和雄一眼。

"请坐请坐。"医生笑容满面,让和雄在椅子上坐下。

和雄落座后,打量一下医生胸前的名牌,上面写着"医学博士 伊良部一郎"。他或许是这家医院的接班人吧。

"要不要来杯咖啡?"

"啊?"

"咖啡啊,不过是速溶的。喂,真由美,来两杯咖啡。"

伊良部随口要了两杯。被叫作真由美的护士没有作声,只是站起身来,啪嗒啪嗒地趿拉着拖鞋,不情愿地走出房间。

"病历我都看过了。"伊良部一脸开心的样子,说,"你是心身疾病。"

"啊?"

"就是心病。已经很典型了。"

"呃……"和雄有点生气。面对着一位懦弱的患者,医生怎么能突然说出这种话来?!

"上面那些家伙,也不知成天在干些什么。"伊良部指指内科

---

① 长嶋茂雄,出生于日本千叶县,职业棒球教练。2001年任巨人队终身名誉教练,2002年曾担任日本棒球队总教练。

所在的一楼,"就是那帮人。你说说,功能性疾病多么可怕,他们却怎么都不肯把病人转到下边来。"

"是吗……"

"他们一看见患者,就嗡的一下围上去。"

"呃……"尽管和雄有点异议,可多一事不如少一事,他不想插嘴。

一个月前,和雄感觉身体出现了异样。半夜里,他忽然胸闷。躺在床上总觉得空气很稀薄,数秒后就陷入了呼吸困难。他慌忙跳起来,来到公寓的阳台上。尽管大约一分钟后恢复了正常,却汗流浃背。这份恐怖的记忆刻在了和雄的心底。

腹泻马上随之而来。连从家到车站这段路上,他都憋不住。都三十八岁的人了,居然还在路上把内裤弄脏了好几次。这对妻子都难以启齿,他只好在便利店又买了一条内裤换上。

这件事自然引发了纠纷。丈夫晚上穿的内裤居然跟早上的不一样,妻子心里不禁犯疑忌。在妻子的盘问下,他招了。虽说误会解除,但事后又发生了一场争执。因为妻子尚美深感同情,竟为可怜的丈夫买回一包尿不湿。夫妻俩为此大约三天没说话。

腹泻持续了一周左右,症状缓解了一些。不过,内脏却开始不听话,和雄总感觉肚子里乱哄哄的闹个不停。这些症状还很难说清楚,他第一次向医生描述说"内脏就像是乱了套的班级一样",对方竟大声笑起来。

从昨天起，下腹深处又开始疼痛。他立刻翻看《家庭医学》，估计是肾脏的问题。说起来，最近小便时也有尿不尽的感觉。万一出大毛病可就糟了，和雄坐立不安，因此今天一大早就来到了医院。

"然后呢？就听到了别人的说话声之类的？"

和雄皱起眉。

"听，就是从这样的地方，"伊良部伸出手，在空中抓了一下，"听到有什么人的说话声。"

"没有。"和雄平静地摇摇头。

"那，有没有一种遭人监视的感觉？"

"没有。"和雄越发皱紧眉头，盯着伊良部的脸。

"……嗨，原来并没有妄想之类的症状。"伊良部一口遗憾的语气，"只是常见的原因不明的不适。"他倚在沙发上，用小拇指抠着耳朵。

护士端来咖啡，两人默默地喝着。咖啡甜而香醇。护士再次开始翻看周刊杂志。

"那个，原因不明的不适是指什么？"和雄问。

"应激性健康不良。"对方轻描淡写地说。

"也就是说，我的胸闷和持续腹泻是由紧张引起的……"

"没错。"伊良部翘起嘴角，措辞十分冷淡。

听到应激这个词，和雄开始回忆自己的日常生活。跟妻子的关系不错，公司那边也没什么问题。若是非要找出点问题来，最近倒是因为今后谁照料父母的事,和姐姐闹过别扭,不过事情也没僵到让人头疼的地步。

"我只是那么一说,你可以不听。"伊良部说。

"啊?"

"至于寻找应激性反应的原因,或是怎么排除这些因素,都不关我的事。"

"哦。"

"那个,最近电视上不是经常有生活顾问倾听患者的烦恼,并给予鼓励的镜头嘛。那玩意儿一点都不管用。"

"……是吗?"

"是的。我就那么一说,你也姑且一听。打个比方,假如你是因为杀过人而痛苦,我就只能劝你自首或者跟你索要封口费了。"

"啊,我没有这样的犯罪史。"

"如果我问,你有个讨厌的上司,你有没有勇气去毒死他。你肯定会说没有,对吧?"这位医生真是口无遮拦,"也就是说,这里的应激性反应牵涉人生的方方面面。把原本就有的东西给扼杀掉,只是无谓的努力。因此,你最好还是多转移一下注意力。"

"您的意思是……"和雄似有所悟。

"比如说,你可以试试在繁华的商业街上暗杀地痞流氓。"

和雄第三次皱起眉。

"这无非就是麻醉剂,无聊的烦心事可以借此一扫而光。因为你会被人家追杀啊,对吧。连小命都难保的时候,你还有时间为家庭和公司的事情烦恼吗?"

这不是在开玩笑吧?和雄觉得有点头晕。

"事实上,这样治愈的例子也是有的。曾经有一个洁癖症患者,以前连硬币都不敢碰一下,可是在阪神大地震中受灾之后,他每天疲于奔命地过日子,结果,居然把洁癖症给治好了。当然,地震也不是你喊一嗓子就能叫来的,还是找地痞流氓更保险一些。"

"你让我去袭击地痞流氓?"

"我只是在打比方啊。啊哈哈。"伊良部咧开大嘴笑起来,"你也可以请个假到战争地区逛一圈。"

和雄叹了口气,想回去了。既然是应激性疾病,那就无所谓了,但他还是想去别的医院碰碰运气。

"总之,你先不要胡乱找紧张的原因了。反正心身病患者就算找到了原因,也无法根治。还有,大森先生,你今年三十八岁,正好是要犯病的年龄,比如中年麻疹之类。"

和雄想问一下公司的同事,看他们知不知道哪家医院的精神科好。不,算了。这么一折腾肯定会流言满天,他不想让人事科的人知道这些。

"来,打个针吧。"伊良部啪地拍了一下自己粗壮的大腿,"既然感觉肾疼,今天就先打点抗生素缓解一下。"

里面的帘子拉开了,和雄回头一看,那护士不知什么时候已经做好注射的准备。

"那个,我看还是下次再打吧……"

"不行不行。你又不是小孩子,连个打针都害怕,像什么话。"

伊良部站起来,像只螃蟹似的横着走了几步,挡住门口。

和雄无奈,只好挪挪地方,将左臂放到注射台上。反正肾疼是事实,综合医院也不会乱来的。

这位护士给人一种轻佻的印象,不过挨近了一看,居然长得很漂亮,只是一点都不热情。

"轻点握拳。"

她的语气也很随便。

和雄的左臂被软管扎了起来,抹上消毒液。

伊良部像监视一般在一边紧盯着。莫非这位护士是新手?算了,随它去吧,早打完早结束。和雄轻轻叹了一口气。

此时,护士白大褂的下摆在注射台下敞开了,露出了雪白的大腿。

和雄不好意思盯着看,把脸扭开了。才看了不到三秒钟,护士那白皙的大腿和腿上依稀可见的静脉就牢牢地印在了眼底。

伴随着一阵刺痛,针扎进胳膊。

顺利注射完,和雄获得了解放。

"大森先生,明天还要来一趟哦。"伊良部说,"对于心身病,重要的是每天都要做检查。"

"好的。"和雄毫不怀疑地点点头。女护士的大腿仍模模糊糊地映在大脑的荧屏上。

"对了,大森先生,你的朋友中有没有多重人格的人?"

"啊?"

"多重人格。就是一个人的大脑中混杂着各种人格的家伙。"

怎么会呢。他忍住不屑的口气,郑重地回答了一句"没有"。

"是吗?我只是想看一下,看来现实中还是很少有的。"

伊良部晃晃肚子,啊哈哈地笑了。

"那个,我是不是需要静养?"

"唔,不需要。"伊良部抠着鼻子。

"那,跟往常一样去公司上班?"

"可以。但不要只顾着工作,最好多运动运动。"伊良部将鼻屎抹到墙上,"一天至少得做一次那种让人气喘吁吁的运动。"

和雄再次打量伊良部那牛一般的体型,真想回敬一句"你才需要运动呢"。

离开精神科的时候,一位上年纪的护士碰巧穿过走廊,不禁多看了和雄几眼,眼神中依稀透出几丝同情。

下午去上班,和雄处理完几个电话,又搞定了一堆杂事。和雄在出版社上班,隶属于家庭主妇月刊的编辑部。这个部门加班很多,不过忙的时候都是有周期的,习惯之后倒也没有多少辛苦。

现在是刚做完终校，编辑部比较安静。

和雄喝着兼职员工泡的咖啡，不由得开始环顾办公场所。这里有造成自己应激性反应的元凶吗？

总编是个死脑筋，婆婆妈妈的经费管理方式有时让人不快，但总体来说还是个人畜无害的上司。副总编则是一个心特别细的男人，曾经因为轻微的胃溃疡住过院，说话从来不会粗声大气。同事们也全是稳重的人，尽管工作上有让人不满意的地方。自己反倒是公司里最招人烦的角色。

可是，身体不适居然是由紧张引起的，和雄多少有点接受不了。他一直觉得自己脸皮厚，工作干脆麻利，到处都结下了深厚的人脉，也没有感到过孤独，从小就是个孩子王。

难道自己要出毛病了？那个姓伊良部的医生说到中年麻疹，难道真让他说中了？自己的饮食生活的确不规律，也从不做运动。

运动？和雄用胳膊抱着头，伸了个懒腰。

大学毕业以来，还从来没有正儿八经地做过运动呢，既不滑雪，也不打高尔夫。和雄对娱乐生活有点鄙视。每当看到电视新闻上播放高速公路拥堵的镜头，他就嘲笑人家"这群傻子"，这已经成了周日傍晚的例行节目。妻子尚美也说喜欢待在家里。两个人没有孩子，也用不着被迫出门游玩。

要不试着做做运动？他呆呆地想。

流汗肯定会很爽的。说不定，最近开始松弛的肚皮还能恢复从前的紧致。

和雄坐在椅子上，试着扭了一下肩膀，虽然有点轻微的疼痛，却很舒服。

干点什么好呢？最省事的莫过于跑步了……

不行，每天都跑的话，自己肯定坚持不下来。

打网球没有同伴，而且从来没打过。举重训练嘛，自己对身材又有一种自卑感，有抵触情绪……

和雄把头前后左右地扭来扭去，不知不觉间竟做起保健操的动作来。

这么说来，最好是游泳了？和雄觉得这个主意不错。他从小就擅长游泳，而且这项运动不会给腰膝造成负担，不用担心受伤。

上次游泳是什么时候来着？闭上眼睛一想，这才惊愕地发现毕业以来就没有再游过，都十六年没进游泳池了。

和雄拿起桌子上的电话，拨通了家里的号码。尚美是一位插画师，一般都在家里。

"亲爱的，咱们家附近是不是有个游泳池？"和雄问。

"哟，今天刮的是哪阵风啊，怎么突然问起这个来？"尚美有点诧异。

"这你就别管了，快告诉我，有吧？"

"区民体育馆的地下倒是有一个。"

"你说的区民体育馆在哪儿？"

"你不知道？不就在图书馆旁边嘛，那座奶油色的大楼。"

"哦……那图书馆在哪儿呢？"

和雄一边问，一边觉得难为情。在这条街上住了将近五年，居然对附近的情况浑然不知。尚美似乎也很惊讶，只告诉他"总之步行五分钟就能到"。

"你问这个干什么？"尚美问。

"想游泳啊。"

"谁？"

"我啊。"

"怎么，想替千叶铃①报仇雪恨？"

"你哪儿来这么多奇怪的想法？"

"那到底是怎么回事？"

"是医生建议的，说让我运动运动。"

"亲爱的，难不成今天你又去医院了？"电话另一端，尚美提高了嗓门。

"去了。反正上班顺路。"

"亲爱的，你不会是真的病了吧？"

妻子的话让人一头雾水。

尚美最初担心过丈夫的病情，可最近根本不在乎了。即使和

---

①日本游泳运动员，在2000年悉尼奥运会选拔赛上取得第一名，却未被选为奥运会选手，因此向体育仲裁提起申诉，最终未能参赛，就此隐退。

雄脸色苍白地躺在沙发上,她也会半开玩笑地说"反正 X 光片上既没有阴影也没有镊子",毫不在意。和雄连手术都没做过,怎么会有镊子落在身体里呢?

而且,她知道和雄没有食欲,就专门烧自己喜欢吃的金眼鲷,和雄吃不完剩下一半,她就高兴地把盘子拽到自己面前。

总之,知道附近有游泳池就足够了,和雄立刻挂断电话。他在桌子上摊开市区地图,寻找自己家所在的区。在步行五分钟的地方果然有一处区民体育馆,卷末还记载着电话号码。出于编辑的职业习惯,他咨询了一下,得知体育馆的开放时间是每天上午九点到晚上九点,费用一小时才两百日元。

和雄决定开始游泳。

对,得先买一条沙滩裤。现在好像不叫沙滩裤了,叫泳裤。泳帽和护目镜也得买。

和雄再也沉不住气。他决定找个适当的理由从公司开溜。如果说去和什么人见个面,谁都不会起疑,出版社的工作就是好。

半小时后,和雄出现在新宿的商场里。

夏天快到了,尽管不是周末,泳衣卖场里依然挤满了年轻的男男女女。华丽的泳衣令人眼花缭乱。

犹豫了半天,和雄最终没有选择平角泳裤,而是选择了一条三角泳裤,顺便连包和运动毛巾都买齐了。

人有时候还真奇怪,购买体育用品时居然洋溢着一种神奇的自豪感。当着女售货员的面，他真想昂首挺胸地说"我就是有这种爱好"。

忙活一番之后，他已经懒得再回去上班了。

看看手表，已是下午三点。和雄给公司打了个电话，告诉兼职的女员工"去发表会了，然后直接回家"，便坐上私铁直奔家中。跟尚美解释起来很麻烦，干脆直接去区民体育馆算了。他的心情像放暑假后直奔游泳池的小学生一样兴奋。

他忽然注意到了下腹的情况。肾脏附近的钝痛缓和了不少。也许是打针见效了。他对那个姓伊良部的奇怪医生有点好感了。

和雄赶到区民体育馆，购买了两小时的泳票。

更衣室很整洁，淋浴设施和吹风机一应俱全。尽管一直在缴纳数额不菲的税金，和雄却几乎没利用过公共设施。他兴奋地咂着嘴，后悔怎么没早点来。

他穿过通道踏进室内游泳池。一股久违的消毒水气味扑鼻而来。一汪蓝蓝的水在面前铺展开去。当天是工作日，几乎没有客人。来得真是时候。他的心情顿时轻松下来。

他在游泳池边认真地做了会儿热身运动，然后走进水里。水温适宜，一点也不凉。

池水一下没到了胸膛，真爽快。他试着轻轻地潜入水里，越发有一种快感。

和雄往游泳池的侧壁上一蹬，用自由泳游了起来。他想先热热身。

他用力摆动着双臂，像舍不得使劲拍打一样轻柔地划水。浅打水也是轻柔地进行着。就这样慢慢游了二十五米。

一股感慨涌上心头：自己居然没忘记怎么游泳！

和雄掉过头又游了二十五米。这次他想体味一下漂浮在水中的感觉，越发放慢了手脚的动作。

他一面游，一面不禁露出笑容。水里真舒服。途中他还仰起脸，看见了天花板上绚烂夺目的灯光。

亏死了！以前怎么没发现还有这样的乐趣！

和雄心里充满了近年来从未体味过的幸福感。

2

"哦？游泳啊。"

伊良部勉强跷起二郎腿，仿佛要把腹部的赘肉挤垮一样探过身子。

"对，我家附近有一处好地方。我就去游了一下，简直太爽了。"

和雄坐在凳子上，讲述着昨天在游泳池里的感受。他总想找个人倾诉一下。昨晚就一直喋喋不休地向妻子介绍游泳的好处，甚至一直跟到洗澡间里，让妻子不胜其烦。活动身体带来的快感让和雄亢奋。过了一夜，这种膨胀的心情也没有消退。今天也一样，他早早就打定主意，下班路上再去游泳池。

"然后下腹部的疼痛也缓解了？"

"没错。虽然五脏六腑依旧不消停，但最近两周，这已经算是最好的状态了。"

"不过，也别忘了打针的效果。"伊良部抽了抽鼻子。

"呃，那是当然。"和雄连忙点点头，"打完针后，我觉得疼痛立刻减轻了。"

"嗯，游泳毕竟属于有氧运动，是调整身体状态的最佳手段。"伊良部端起护士泡的咖啡。热气模糊了他的眼镜。

"有氧运动？"

"对。跟健美操一样，要一面补充氧气一面运动。举重是要憋气的对吧？那样容易便秘。"伊良部用白大褂的下摆擦拭着眼镜片，"因此不需要游得快，最好是缓慢地进行，尽量长时间地重复同一种运动。"

"那就是说，最好游长距离？"

"对。"伊良部的镜片显得脏兮兮的。

和雄听了他的话，略微反省了一下。昨天尽管没有忘记泳姿，耐力的衰减却十分明显，连续游上两百米都上气不接下气，因此是边休息边游的。

从今天起，他想挑战一下长距离游泳。上学的时候，游一两公里都是小菜一碟。

"那，打个针吧。"

"今天……还要打？"

"对，因为打的是每天都需要注射的药。喂，真由美——"伊良部吆喝着护士的名字。

无奈之下，和雄只好言听计从地从座位上挪开，把胳膊放在注射台上，昨天那个护士又站在面前。和雄想起了那雪白的大腿。

护士一只手拿着注射器蹲下来。不知为何，今天伊良部又来到一旁，注视着护士打针的情形。和雄的目光不由得往下走——护士雪白的大腿再次从敞开的白大褂中露出来。

一阵刺痛掠过左臂，和雄闭上了眼睛。他听到伊良部也发出了轻微的呻吟。

就算去上班，心也不在工作上，他一直惦记着游泳的事。今天他想连续游五百米。

和雄没有拖泥带水，早早地跟负责外部订货的人员谈妥后，就谎称搜集资料，直奔街上的大型书店。他想买一本游泳教材。游泳时很快就喘不上气来，这固然有体力减弱的原因，除此之外，自己的游泳方式可能也有问题。

专业书籍区有几本教材，不过图解和排版都很差，让人连翻都不想翻。他忽然灵机一动，又来到杂志区。他原本想找《Tarzan》

的旧刊看看，没想到平铺展示的新刊中正好有游泳特辑。真是老天保佑。

翻看一下内容，不仅插图通俗易懂，还印着推介的游泳书籍的目录。

糟了，应该先看这个再买泳裤的。他有点后悔，甚至生出再买一条泳裤的念头。

和雄走进附近的咖啡厅，慢慢地翻看杂志。里面用连续图解的方式，详细解说了自由泳划水和打腿的技巧。

啊，原来是这样。胳膊要沿身体的中轴向前伸展啊。

怎么？划水时，胳膊的弧度要呈九十度？

这些知识，他直到三十八岁才知道。闹了半天，自己居然是个外行啊。他有点没信心了。

不过，和雄并没有真的泄气。他明白，只要掌握了这些技巧，自己肯定能游得更好。

和雄坐在窗边的座位，模仿插图中的划水动作。他把左手伸到前面，没有立刻划动，又伸出右手叠放在左手上。

无意间抬头，只见远处的桌子旁，一对情侣正强忍着笑意望向这边。他干咳了一声，脸上发烫。

和雄喝光了冰镇咖啡，想起今天的日程安排。下午四点还要在惠比寿的摄影室拍照片呢……

不过，反正只是一些厨房用品的静物摄影，是流水作业，自己不用到场。

和雄一回公司,就在白板上写下"去惠比寿拍照,之后直接回家"的留言,离开公司后又用手机与摄影师联系,说了句"还像平时那样拍就行,拜托",便直奔车站。

和雄坐上奔向自家方向的电车,心往神驰。

途中眺望外面的景色,他看到了"伊良部综合医院"的招牌,不知为何,竟莫名地生出一种安心之感。

到达区民体育馆,他又买了两小时的泳票,走进游泳池。

光是让水包围着,和雄就感到安心。这一天,他成功地连续游了五百米。

他对照着《Tarzan》检查自己的姿势,练习之后试着再游,真的达到了目标。

从泳池里爬出来的时候,和雄已经呼吸急促,甚至都站不起来了,便索性躺在长椅上。

他心里有一种妙不可言的充实感。明天要挑战一千米。

不,用不着这么着急。每天多游一百米即可。

明天的到来令人期待。他呼吸急促,心里却充满快乐,这种感觉真是许多年没有过了。

"哦?已经持续一个星期了?"

这一天,伊良部仍旧吃力地跷着二郎腿,听着和雄的倾诉。

"对，真是爽呆了，爽死了。这已经成了我每天早晨的必修课。"

最近，和雄总是三句话不离游泳。

和雄每天都在游泳池和医院两头跑。伊良部医院周日休诊，游泳池每天营业。他不能经常早退，就决定早上先去游泳池，从九点开始游一个小时，然后顺路去医院，中午前后再去上班，这已经成了固定模式。

在这段时间内，和雄终于一口气游完了两公里，完全找回了从前的感觉。

"我最近也有点运动不足呢。"伊良部摸着下巴嘟哝，"那帮内科的傻瓜也都让我减肥。"

也不撒泡尿照照自己的双下巴——和雄不由得在心中苦笑。

"那家游泳池在哪儿？"

"就在我家附近的区民体育馆的地下，比那些差劲的体育馆整洁多了，而且人很少。"

"唔？"

"要不要去看看？从这边过去顶多两站路。"

"嗯。"伊良部捏着脖子上的肉哼唧着，"不过，我不会换气啊。"

"没事，很快就能学会的。没人逼你非得游自由泳不可，游蛙泳也行。"

"身上冷不冷？"

"那儿是温水啊。温度一直保持在三十度，甚至都有点热。"

"可是，我连跳水都不会。"

"跳水是禁止的。又不是运动部的训练，大家都游得很随意。"

"听大森先生这么一说，游泳似乎很有趣。"

"当然有趣喽。"和雄用招人忌妒的语气说道。

大概是心血来潮，伊良部连泳裤选三角的好还是平角的好，都向和雄征求意见。你也配穿三角泳裤？这种话和雄当然说不出口，回答随便哪一款都行。

之后，又到了例行的打针时间。每天打针的确很痛苦，但在和雄的心中，这种痛苦已经和看到护士大腿的快乐相互抵消了。

针扎进皮肤的一瞬间，和雄把视线移开。他知道站在一旁的伊良部会探过身子来。

今天他又听到了伊良部吞咽唾液的声音。只要将他当作一个怪人来看，就不那么招人讨厌了。适应以后，就算是头牛也会觉得很可爱。

只是第二天早上，伊良部真的在区民体育馆等着，还是着实让和雄吓了一跳。

"呃呵呵，我来了。"

伊良部轻轻抬起一只手，嘴里吐出一句女职员追恋人追到国外时说的台词。一辆扎眼的黄绿色保时捷停在一边。

"昨天，分手后我就去商场买泳裤了，最终还是选了条运动款的平角短裤。"

伊良部主动从包里拿出来给和雄看。

"哦……"

"花色图案什么的,真啰唆。"

伊良部选了一条荧光黄的泳裤。和雄看了也说不出什么来。

"……那个,大夫,您那边的工作没问题吗?"

"恩,没事。上午休诊了,反正也没人来。"伊良部若无其事地说。

"……那就去吧。"

两个人在更衣室换上泳裤,进入泳池。

和雄率先游起来。伊良部肯定会按照他自己的方式随便游。

和雄用缓慢的动作在水里划动。每划一次水,打两下腿,这是一周来掌握的秘诀。打腿不仅提供助推力,还起着不让屁股往下沉的作用,最适合游长距离。

望一望赛道前方的钟表,就能大致了解刚才的时间里游过的距离。和雄十二分钟就能游五百米,因此四十八分钟能游上两公里。方便的是,这里的游泳池每隔五十分钟就有巡视员发送信号,让人进行短暂的休息。如果从九点整游到吹哨的时间,自然能完成两公里的目标。

换气则是左右两侧交替进行。每划一下水就呼吸一次有点忙碌,而划两下水呼吸一次则太辛苦,因此,他参照着《Tarzan》掌握了换气技巧。连学生时代都没有这么做过,因此在达成目标的那天夜里,他甚至揪住正在工作的妻子唠唠叨叨地炫耀了半个多小时。

游过一公里后就感觉不到疲劳了。难熬的只是最开始的一公里，迈过这个槛儿，身体就轻松了。也许是吸氧的节奏稳定下来。妻子诧异地说"你居然能游两公里啊"，但让和雄来说的话，既然能游一公里，那么两公里就不是翻倍，而是水到渠成。只要时间允许，连续游上五公里大概也不是问题。

一点五公里，节奏越来越舒服。从这时起，会逐渐产生一种不可思议的恍惚感。是马上就到达两公里的喜悦，还是其他原因？说自己是为了品味这种感觉才去游完单调而枯燥的前半程，也不为过。

巡视员的哨声在游泳池上空回响。和雄停下来，慢慢走向泳池边。即使早上第一个来，馆里也多少有几个游泳的人，他们几乎都向和雄投来尊敬的目光，因为专心游泳的只有和雄一人。他甚至还想入非非，这儿要是多几个年轻女孩就好了。早上都是清一色的中老年人在游。工作不那么忙的时候，干脆就换到夜里，到时候肯定有很多下班回家的女白领。

和雄刚从泳池出来，伊良部就上前打招呼："大森先生，你好厉害啊。"伊良部是游一会儿休息一会儿。和雄也不时瞥几眼，发现他果然不会自由泳，只会蛙泳。

"习惯了。我一开始也是游上两百米就喘粗气。"

和雄用毛巾擦拭着身体，然后轻轻按摩手脚。

"真好。喂，也教教我吧。"

"好啊。"出于客套,和雄点点头。

"那就把时间延长一下吧。"

"啊,现在?"和雄手里的毛巾不由得掉了下来。

"嗯。"伊良部毫不在意地笑了笑。

莫非这个家伙不懂得客套?也是,他的工作原本就让人不敢恭维。

"那个,您一会儿还得给我看病,对吧?"

"对啊。不过没事,也就一个来小时。"

和雄最终被逼着又和他游了一会儿。他做教练,手把手地教了伊良部一个小时。

"大夫,空气得用嘴吸进去,从鼻子呼出来。"

可不管说多少次,伊良部都是鼻子里进水,呛出眼泪来。

"大夫,您原本就有较大的浮力,所以浅打水就行,不用那么用力。"

和雄原本是暗讽他像一头肥猪,伊良部却将这件事当成了天赋,不禁喜形于色。

"大夫,不用硬把您的胖脑袋扭来扭去的。"

最后这句实在是有点冒险。当时,对方脸上也的确浮出了恼怒的神色。

就这样,总共两小时的游泳结束,和雄坐着伊良部的保时捷一起去了医院。

在车里，伊良部十分高兴，连声说着"游泳真好"。他似乎也陶醉在了运动带来的快感中。

伊良部似乎也在走跟自己同样的路。和雄觉得对游泳的痴迷也变得正当了。

虽然这段时间工作忙碌起来，也不能把游泳从日程表中挤出去。这已经像一日三餐一样，成了和雄的必修课。

"亲爱的，你要是觉得累的话，不妨休息一下？"

尚美看到休息日仍躺在床上的丈夫，沉着脸说。

"没事。回来时会做做按摩的。"

开始游泳两周后，和雄终于感到了疲劳。肩膀和后背总感觉沉甸甸的。磁疗贴已经不解乏了。

"哪有人像你这样成天去游的。"

"意义就在于每天坚持啊。你知道马拉松选手为什么不休息吗？一旦休息三天，想恢复状态就得再花上三天。"

"你又不去参赛。"

"可游泳会保持健康。"

这是事实。除慢性腹泻外，内脏的不协调感已经基本消失了，晚上也睡得很香。产生疲劳未必对健康有坏处。

"而且，积累的疲劳也是因为动作中还有不规范的地方，只要再改进一下……"

"亲爱的,你知道 Runner's high 这个词吗？"尚美打断他,"就是指跑步时间长了,大脑会分泌一种内啡肽,使人心情舒畅的现象。"

"啊,我知道。"

和雄听说过。那就是所谓的脑内毒品。

"这不就是吗,你是游泳上瘾了。"

"这怎么能叫上瘾呢？"和雄有点生气。

"可从旁观者的角度来看,明明就是这样。如果是为了健康,隔一天游一次也不是不行,而且觉得疲劳,一般人都会休息的。"

"一天做一次剧烈运动是我的理想。"

"理想终归是理想。连监狱里都一星期运动一次。"

"怎么说话呢。"

和雄想,妻子打的这叫什么比方。

"人最好生活得更随意一些。你单身的时候,不是喝过期牛奶都没事吗？"

"那都是多久以前的事了。年轻的时候,肠胃都有神护佑。可一旦上了年纪,就连神仙也……"

这时,起居室的电话响起来。妻子走出寝室,片刻之后回来说："你朋友打来的。"

"谁？"

"不知道。只是问'和雄君在不在',就像个小学生。"

和雄接过无绳电话，贴到耳朵上。结果传来伊良部的声音，问他今天有没有空。他不假思索地"嗯"了一声。

"喂，大森先生，要不要去丰岛园的游泳池？"

和雄简直怀疑自己的耳朵。两个中年男人一起去游乐场的游泳池？

"那儿有流动游泳池，肯定能游得更舒畅。你看，有氧运动重要的不是距离和次数，而是时间，所以我觉得这样更有效果。休息时间也没有限制。"

"这个嘛……"和雄一时不知如何回答，"流动游泳池？"

伊良部自那天以来就变成了游泳的奴隶，每天早上都跟和雄到区民体育馆一起游，然后再一起去医院，连日来已经成了习惯。

"对，说是一圈有四百来米。"

"星期天去丰岛园的话……小孩子不吵吗？"

"没事、没事。我听过天气预报了，说今天下午有小雨，又没有出梅雨季，凉飕飕的，人肯定很少。"

伊良部用兴奋的声音说。

"我到车站去接你。那半小时后见。"

"啊……"

电话挂断了。和雄拿着话筒，独自皱起眉头。

"还能交上个朋友，不错嘛。"尚美似乎明白了打电话的人是谁，脸上浮出淡淡的微笑，"丰岛园？看来能过个不错的休息日。"

但和雄无论如何都不想跟男人一起去,便央求尚美同行。

"对方肯定会不高兴的。"尚美冷冷地拒绝了。

无奈之下,和雄只好赶到车站,伊良部早已开着那辆黄绿色的保时捷等候在那里,还戴着古驰墨镜。

和雄从车窗望着云层低垂的天空,心里不停地祈祷,千万不要遇上熟人。

当然,这种担心完全是杞人忧天。下午,雨就下大了,空旷的游泳池里几乎没有人游泳。

"大森先生,就像让我们俩给包下来一样。"伊良部一面游着蛙泳,一面兴奋地说。

和雄装作没听见,只顾游自己的。

这里不需要掉头,帮了和雄一个大忙。不过,跟区民游泳池一样,休息时间也是固定的,无法长时间随心所欲地游。

自己来这儿干什么呢?和雄忽然感到一阵失望。

雨滴敲打着水面,和雄默默地重复着自由泳的划水动作。

3

疲劳果然是一时的。大脑一旦产生了不依赖距离而依赖时间游泳的意识,动作就越发变得舒缓,和雄觉得仿佛在散步一样。

工作效率也大大提高。因为每天早晨九点去游泳,和雄尽量避免加班到深夜。那些无用的应酬都推掉了,能用邮件和传真搞定的事,也不去跟人家面谈。

编辑部里的闲聊,他也不掺和了。他把待在公司里消磨时间的同事视为傻瓜,更不用说那些以交际为名每晚去胡吃海喝的家伙,在他的眼里,这些人简直是一群可怜的空棘鱼。时间总是能挤出来的。

如此一来,即使在下班回家的路上,他也想去痛快地游上一番。

每当处理完工作准备回家时,和雄总觉得后背直发痒。他有点不好意思。若是让尚美知道了,肯定又会沉着脸说他"上瘾"了,连他自己都觉得有点别扭。

不过,咨询过伊良部,这种困惑也消除了。

"啊,我现在连晚上也在游呢。"伊良部医生淡然地说道,"身体有这种诉求啊,有什么办法。"

根据精神医学前辈森田先生的理论,"顺其自然"是最好的治疗方法。

伊良部好像在医院附近又找到了一处游泳池,晚上一直在那儿游。

"同一个游泳池,一天去两趟的话,总有点不好意思。"

和雄做梦都没想到伊良部竟会说出这种台词。然而,这让他鼓起了勇气也是不争的事实。

和雄打开市区地图，在公司附近寻找游泳池。

巧的是在走路就能到的地方，居然有一处学校的游泳馆，晚上七点到九点的时段对外开放。这样一来，在繁忙的时候也能以"吃晚饭"为由溜出去游泳。

附近就有一处随时可以游的游泳池，这一点就足以让和雄心潮澎湃。

于是，这一天自然而然地到来了。

影棚摄影比预想中结束得早，还不到晚上七点，和雄就自由了。有时候他也想早点回家，却总会涌上一股晚上也想游泳的欲望。大概是正值梅雨天的间歇期，天气也在帮忙，夏夜的露天啤酒摊生意一片兴隆。

和雄早早地打完考勤卡，将晾在开水间的泳裤和毛巾收进包里。

去瞧瞧到底是个什么样的地方。他给自己找了这样一个理由。哪怕只是在水里泡一泡也不错。

赶到那儿一看，居然十分气派，全然不像中学体育馆。他毫不犹豫地买了入场券。

这儿是在市里，比家附近的游泳池还空闲。更令人高兴的是，为数不多的泳客居然多半是下班的女白领。

和雄不禁窃喜，这处好地方绝不能告诉公司的人。

女白领们都在一角的泳道上进行水中漫步。旁边只有和雄一人在用娴熟的动作游泳。他一刻也不停歇,不断地掉头往复。

自己也算得上一名运动选手了。他觉得自己成了万众瞩目的焦点。一点疲劳感都没有,身体反倒比上午游的时候还轻松。

从游过一公里的时候起,周围的声音就听不见了。

不,这种说法并不正确。准确地说,他已经听不到别人说话的嘈杂声了,只有划水的声音在耳畔静静回响。虽然平时都是这种状态,今晚却尤为明显。

游过一点五公里后,心情又一点点地舒畅起来。有如墨水往纸里渗透一样,有种东西在往大脑里浸润。接着,一种无所不能的感觉涌了上来。难道这就是妻子说的"内啡肽"?管他呢,反正比饮酒健康多了。

然后,巡视员的哨声响起。唯有这声音尖锐地冲进耳朵里。

最终,和雄这天夜里也游了两公里。

和雄在池边做整理体操时,一位年轻女白领唰的一下投来仰慕的眼神。不是心理作用在作怪,对方的确用炽热的目光看着他。

怎么样,跟你们公司的上司很不一样吧?和雄心里嘟哝着。

一天之内憋不住游了两次。百分之一的愧疚还是有的。不过,剩下的百分之九十九都是满足感。

在回去的电车里,那些一脸疲惫的上班族和醉鬼们,看上去就像靠惰性生存的微贱之辈。

"亲爱的，可以问你件事吗？"

晚上，和雄倒在沙发上复习《Tarzan》的游泳特刊，尚美端着两杯红茶走过来。

"嗯，什么事？"和雄直起身，在红茶里泡上一块柠檬。

"身体怎么样？"

"挺好啊。"他只加了半勺砂糖。

"那怎么每天还去医院？"

"这……虽说身体挺好，不过还是有腹泻的情况，也稍微有点腹胀。"

"那就是说身体并不好了？"尚美噘起嘴。

"也不能这么说。因为正在好转，植物神经在调整。"

"哦？"尚美一副仍然不能接受的表情，喝着红茶。

一直开着的电视里，艺人们正在用刺耳的声音吵嚷，什么想吃啥啦、哪里的料理好吃啦等，无聊地嬉闹着。

喝完红茶后，和雄又躺倒在沙发上。

"喂，"尚美忽然又冒出一句，"你到底想一直游到什么时候？"

"一直坚持下去。"

"你偶尔休息一下不行吗？"

"我以前不是跟你说过嘛，一旦休息，下次再游的时候就痛苦了。"

"那样也行啊。是谁规定每天必须游两公里的？"

"可我就是想游。"

"难道一休息就会有罪恶感?"

"扯淡。"妻子的话听上去有些刁难人,他有点生气。

"我在一本书上读到过……"尚美倚在沙发上,把手伸到头上。

"如果每天都进行跑步或者游泳等有氧运动,不知不觉间,它们就会变成生活的全部意义。"尚美望着天花板说,"所以,一旦不运动了,精神会无法保持稳定,比如说因为意外无法运动了,就会产生一种失去家人般的失落感。"

这也太夸张了吧。和雄甚至懒得反驳。

"有个跑步的人,每天都要跑两回,有一次他膝盖受伤没法跑了,结果得抑郁症自杀了。"

"我说……"

"当然,你是不会发生这种情况的。"

"那是当然。"

"可是,你现在已经有这种征兆了。你肯定会说这总比喝酒强,可我觉得没什么两样。在依赖某种东西这一点上,两者是一致的。"

"依赖?没这么严重吧。"

"我说的是真话。"

和雄很生气,翻过身去,背朝尚美。

"亲爱的,你这几周身体欠佳,我知道原因在哪里。"

和雄没有回答,装作看杂志的样子。

"我觉得是多年来积劳成疾的结果。"

尽管躺卧的姿势很难受,和雄却硬要坚持下去。

"年过三十,就会自我陶醉起来。男人嘛,或多或少都有这种倾向。摆脱了臭小子的标签,反倒变得自信十足……一谈到公司的事情,动辄就是某部门的某某人是傻子,某个负责人无能之类,全都是牢骚。二十来岁的时候根本不会这样,一旦有了下属,对人就严厉起来,一副唯我独尊的架势。你还记不记得,有一次来咱们家玩的下属佐藤君犯错误,你就讽刺人家,说人家永远没出息,还说什么连批评他都浪费时间。可是,人际关系根本不是这么回事,工作上应该互相帮助才行——"

"吵死了。"和雄发出刺耳的声音。这番话真的伤到他了。

夫妇俩陷入了短暂的沉默。

"真拿你没办法……"尚美叹息着再次开口,"都三十八岁了,还那么不让人省心。"

和雄腾地一下火了,扭头就把杂志朝尚美脸上扔去,结果打到了墙上。尚美也翻了脸,猛地站起来。

"你干什么!不知道这样很危险?"她的声音十分尖厉。

"我烦你这样的。"

"啊,你说了'你这样的',是不是?"

"说了又能怎样?"和雄也提高了嗓门。

"我们结婚前不是约好了吗?不能用'你这样的'之类的说法。

我最讨厌男人叫女人'你这样的'。"

"爱讨厌不讨厌。"和雄抬起下巴咆哮。

尚美顿时将靠垫砸到和雄脸上。和雄刚要张嘴，纸巾盒子又飞过来，也砸到了脸上。

"你不知道会疼啊。"和雄的眼泪都出来了，再一看，尚美的手里已经拿起了座钟。

和雄忽然记起来。妻子一旦被惹毛是很恐怖的。她有个毛病，一旦激动起来，碰到什么就扔什么。

他慌忙溜出起居室，逃进洗澡间上了锁。

尚美追过来，冲着门啪啪啪地猛拍了一阵子。

"既然这样，你就别出来了。今晚也别想进卧室。"冰冷的声音从更衣间传来，"幸亏里面有水，你就在里面游一辈子吧。"

她还无情地把电灯关了。

和雄一屁股坐在洗澡间的脚垫上。照这样下去，妻子肯定一时半会儿不给自己做早餐了。他不禁可怜起自己来。

尽管受到了尚美的责难，和雄也没有停止游泳。

他正在朝一天两次的标准迈进。只要想办法，时间总会有的。身体状况也能承受。

就这样，新的欲求又涌现出来。他想挑战一下游更长时间是什么感觉。

在厚生劳动省和文部科学省的指导下，这个国家所有的游泳池都给使用者提供休息的时间。泳池几乎都会在一小时内安排十分钟的休息时间，也就是说，不能连续游五十分钟以上。就连以前去过的丰岛园也是这样，日本全国的游泳池肯定都在效仿这种做法。

他也去私立泳池瞧过了，所有地方都是学校优先使用。只有两个泳道能自由地游泳，而且很拥挤，很难以相同的节奏长时间游泳。

有一次，他问一名男巡视员："能不能只让我一个人游？"结果碰了个大钉子，人家告诉他："这是规定。"

什么玩意儿，完全是个计划主义至上的国家。和雄甚至一度生出去大海中游泳的念头。

按照和雄的节奏，两公里的距离才是迈向幸福感的门槛。一公里之内单调无趣，过了一公里痛苦才会消失，再过一点五公里，心情才会兴奋。正当兴奋感徐徐提升的时候，却往往被巡视员的哨声强行打断。

如果能连续游上两三个小时，前方究竟会有什么样的快感在等待自己呢？一想到这些，他就无比痛恨那哨声。

伊良部似乎也怀有同样的念头。

"对对对。休息时间可以自己做主嘛。"

伊良部也完全进入了一天游两次的模式。据说，他好像还开拓了第三处游泳池,轮番去这三个地方。

"五十分钟正好是大脑开始分泌内啡肽的时间点。"伊良部摸着头说。

"啊,我老婆也说过那个叫内啡肽的东西。"和雄说。

"大脑啊,天生具备一种装置,一旦遇到紧急情况,就会从痛苦中解放出来。这就是内啡肽,就像是神的仁慈。虽然我还没有经历过,倒不妨假设一下,假如我被人勒死,尽管最初的时候很痛苦,可一旦到了弥留之际,内啡肽应该会让我心情舒畅的。"

"呵呵。"

"因此,并没有在痛苦中死去的情况。"

"哦。"不愧是医生,这番话让和雄深感佩服。

"反正我认为是这样的。"

和雄差点摔个跟头。

"不过,我倒是想游一游试试,索性游上五个小时,把内啡肽全弄出来。"

"这样做对人体没有坏处吗?"

"完全没有。"

和雄获得了勇气。他真想告诉尚美,你瞧瞧人家。

"去大海里试试怎么样?"和雄问。

"你就不怕脚够不着地?"

"那倒是。"

"还是游泳池最合适,既没有波浪,又没有鲨鱼。"

不错,鲨鱼是很讨厌,海蜇也不招人喜欢。

"要是有一处想怎么游就怎么游的泳池就好了。"和雄抱着胳膊,轻轻叹了口气,"大夫,您的熟人中,有没有院子里有二十五米泳池的人?"

"开鳗鱼养殖场的熟人,我倒是有。"

和雄想象一下跟鳗鱼混在一起游泳的情形,不禁皱起眉。

"不过,如果是深夜的话,就能随便游了吧?"

伊良部忽然说起怪话来。说什么呢,和雄很惊讶。

"也没有巡视员。"

"哎?"和雄以为自己听错了,"您什么意思?"

"就是半夜里偷偷溜进去啊。"伊良部毫不在乎地说。

"不行,再怎样也不能……"

"咱们平时去的那家区民体育馆,没有值夜班的人吧?"

"大概没有。"

"又没有值钱的东西,不可能雇保安。"

"那倒也是……"和雄紧盯着伊良部的脸,"大夫,你要这么干?"

"我正在想法子呢……"

"我看,最好还是算了……"

"如果大森先生一起去的话,今晚就可以实施一下。"

"不行,我……"和雄连忙摇摇头,"一旦让人抓住,可是建筑物非法入侵罪。"

"抓不住的，怎么可能呢。就算打破厕所的窗户进去也没事，反正办公室又没遭到破坏，工作人员充其量只会以为'啊，谁家的捣蛋鬼给打破的'。"

"唔。"和雄赞同地附和了一声。的确有道理。

"怎么样，大森先生，午夜零点闯进去，一口气游到早上五点怎样？"

"啊，可是……"

和雄终究没有这种勇气。如此一来，自己就要跨越雷池。

"那你先考虑一下。我随时奉陪。"

"好吧……"

这一天又打了针，护士又露着大腿给和雄的左臂抹消毒液。

当针挨近皮肤的时候，伊良部同样把脸凑上来。

搁在平时，和雄会把脸扭过去，可不知为何，今天他竟把视线投向了伊良部。

伊良部脸色涨红，两眼放光，正吞咽着唾液。

这男人怎么回事？事到如今，和雄才发现他是个变态的家伙。

注射完，和雄一面搓着胳膊，一面暗暗告诫自己，无论如何也不要提非法闯入游泳池的事了，尽管不受干扰一直游下去是个极为诱惑的想法。

4

到了杂志校完终校的日子，和雄的身体再度出现了异常。工作时，他突然感觉心跳得厉害，下腹部也疼了起来。这一次胳膊的情形也不对，从肘部开始阵阵酥痒，不用力就会发抖。

他知道原因。一到终校的日子就无法保证时间，已经连续两天被迫住在公司，没去游泳了。

和雄告诫自己，今晚无论如何也要再坚持一下。到了明天早晨校完终校，就可以从工作中解放一段时间。

先回家一觉睡到傍晚，等积蓄好体力后再赶到游泳池。到时候痛痛快快地游一通。两局两公里。尽管没法连续游泳让人不满，但不能奢求太多。日后找个没有休息时间的人少的游泳池就行。东京这么大，想找就一定能找到。

真到了急眼的时候，就算是多佛尔海峡也要蹚一回。届时可以做一个"杂志编辑部成员挑战多佛尔海峡"的企划，用公司的钱去。管它是面向主妇的杂志还是育儿杂志，只要坚持就能搞定。这点功绩自己还是有的。

和雄小腹用力，强忍着身体的不适，幸亏没有被周围的人注意到。他用手帕擦掉额头渗出的油汗，涌上来的莫名的不安则被扼杀在了喉咙里。

"大森先生，抱歉。"下属佐藤来到一旁。

"怎么了？"和雄若无其事地问道。佐藤的表情有些僵硬。

"其实，废品回收店指南的地图还没有上。"

"不会吧？"

"抱歉。"佐藤低下头，"本想在校完终校时附上，可最后还是没跟制版那边定好。"

"到底是怎么回事？"和雄眉头紧蹙。

"本想让编辑制作那边一起给做了，可那边却以为是这边做。"

"你是干什么吃的？想完全让制版那边交？"

"抱歉。"

看看手表，已经是晚上九点。和雄两手抱头。他是负责人，最后必须亲自核对。也不知明早之前能不能赶得上。

"总之，先把文字部分的照相排版定一下吧。"

"这个已经安排好了。无论如何今晚也要弄好。可问题是插图，我到处找人，可谁都……"

"没找到？"

"是的。"佐藤十分沮丧，"能不能让您太太来帮一下忙？"

"真想打你这小子一顿，居然敢打别人老婆的主意。"

"抱歉。"

"需要画的地图到底有几张？"

"七十五张。"

和雄简直要哭鼻子了，原本要读的校样就一大堆。

"去设计部偷点红环笔和制图纸,我来画。都这时候了,线条能不能不用弯的?"

"是啊。"

"你闭嘴。"和雄的语气不禁变得粗鲁。

和雄把佐藤打发到照相排版那边,自己拿起直尺和红环笔。

他强忍住手上的颤抖,一点一点地制图,由于不能按原尺寸画,还需要计算纵横比例。

腹泻的感觉多次袭来。每一次和雄都得中断工作,直奔洗手间。

佐藤从照相排版那边回来,和雄在描绘的地图上比对文字,关键时刻却又发现了误排。他怒斥佐藤,让他当场改正,佐藤只是一味地重复着"抱歉"。无奈之下,和雄只好找出前一期的制版草稿,寻找同样的文字。

转眼之间,天就亮了。

其他组都已经完成终校,乘坐第一班车回家了。和雄把缺少图片的稿子让总编过目一遍,说了句"剩下的由我负责校对",将对方轰走。佐藤也被他打发回去。还是一个人干活工作效率高。

校完自己负责的页码已是上午九点。和雄抱着终校稿,打车飞奔印刷厂。所谓的精疲力竭大概就是指这种状态。五脏六腑就像别的生物一样在肚子里翻江倒海。和雄恶心难受,在印刷厂的厕所里呕吐。由于胃里空荡荡的,吐出来的全是酸臭的胃液。

在回家的电车上,和雄一直与喉咙深处涌上来的不安进行搏斗。他怕自己呆站着会忍不住呻吟出声，只好在车厢里前前后后地踱来踱去。

和雄在离家还有两站的地方下了车，直奔伊良部综合医院。几个小时前，他就决定这么做了。他觉得了解自己的人只有伊良部。

"啊，大森先生，许久不见了。"

伊良部用一如往常的悠闲语气接待他。才三天没见，就仿佛隔了三年。和雄真想高兴地上去拥抱对方，可悲的是眼睛里却渗出泪水来。

"怎么了？花粉症犯了？"

喂，大夏天的，哪里来的花粉症！不过，世上有这么个人存在，就已经让和雄很感激了。

"大夫，其实……"

和雄滔滔不绝，把连日来自己被困公司、三天没能游泳，还有个傻瓜下属佐藤让他倒了大霉等事情全抖搂出来。嘴巴怎么也停不下来，话怎么也说不完。

他也把身体情况极差的事告诉了伊良部。他还抱着肚子，诉苦说内脏已经成了乱套的班级，还打嗝给对方看。

"没事，马上就会痊愈的。"伊良部若无其事地说。

"真的吗？"和雄真想给他一个拥抱。

"嗯。因为这是典型的禁断症状。"

"禁断症状？"

"对，原因就在于没有游泳。现在，你我都处于不游泳就无法维持正常的状态，只要今晚游游泳就能恢复。"

"……情况并不严重？"

"一点事也没有。"伊良部淡然地说。

"那也不能说一点事都没有啊……"

"你得这么想，幸亏不是酒精依赖症。酒精会损害内脏，对吧？游泳却会让身材变得紧致，还能改善血液循环，总之没什么坏处。"

"哦……"

"像什么公司依赖症啦、志愿者依赖症啦、无农药残留蔬菜依赖症啦，人类有各种依赖症，游泳依赖症却是最无害的。"

"啊，如果可能的话，哪种依赖症我都不想得……"

"没事。过不了多久你就会厌倦的。"伊良部悠然地笑着，"心身病可是神的旨意，人是无法抵抗的。顺其自然是最好的办法。"

"会厌倦吗……"

"会厌倦，肯定会厌倦。啊哈哈。"

和雄仍旧没有释怀，但得到安慰却是事实。他甚至想，伊良部或许真是一位优秀的精神科医生，至少他能让自己的心平静下来。

"对了，"伊良部压低声音，"我想今晚溜进游泳池，大森先生，你也一起来怎么样？凌晨零点，在区民体育馆前见面。"

"真的要干？"

"嗯。你不是也想尝试一下连续游上五个小时的感觉吗？"

"不，那个，我……"

和雄支支吾吾。

"我就知道你会这么说。大森先生，你这人太守规矩了。"

和雄只觉得对方在嘲笑自己胆小怕事。

"既然是这样，那我就一个人去。"

真是豪爽。

"只是,有件事我希望大森先生能帮一下忙。"伊良部探过身子。和雄也弯腰伸过耳朵。"那个区民体育馆背后有一扇厕所的窗户，起初我想打破窗户进去就行了，但可能的话，还是想尽量避免破坏器物。"

"嗯。"

"今晚大森先生要去游泳池吧？到时候，你能不能用螺丝刀把那窗锁给我卸下来？"

"卸掉厕所窗户的锁？"

"对。用螺丝刀拆下旋转式的执手很容易，你把它拆下来带走就行了。"

"呃……"

"闭馆的时候，人家肯定会看一下窗锁，但如果坏掉了，估计也不会急着叫人来修的。不就是个体育馆嘛。"

"是啊。"

"好不好，求求你了。"

"知道了。"

竟这么轻易地答应了，和雄自己都感到意外。虽说半夜进入体育馆不是重罪，也是非法侵入啊，他竟然对打头阵毫不抵触，不仅如此，甚至还对伊良部肃然起敬。

这家伙今夜想不受干扰地游个够，大概会拼命分泌内啡肽吧。

以前只有自己才知道这个幸福的世界的入口，而如今，伊良部正要迈进去。

"那，打针吧。"

在伊良部的催促下，他挪了地方。

"啊，大夫，我现在很难入睡。"和雄说。他觉得身体疲劳过度，甚至连睡魔都不垂怜自己。

"我给你点精神安定剂，你在这儿服下就行。"伊良部递给和雄两片药，他含进嘴里。"快到家的时候就见效了。"

和雄把左臂放在注射台上，全身放松。

他一面注视着护士往胳膊上抹消毒剂的样子，一面想着自己的将来。

也不知健康的日子还能不能回来。他叹息了好几声。

护士裸露着大腿蹲下来，将注射器扎进手臂。跟上次一样，和雄今天也呆呆地望着。

伊良部则把脸凑过来，几乎都要盖住注射器了。他额头通红，脸微微痉挛，亢奋的样子历历可见。

明白了。原来如此!

和雄终于明白了,原来伊良部是个恋注射癖。一个看到针管扎进皮肤的瞬间,会感到无比销魂的人。

不过,和雄并没有上当受骗的感觉。随你的便——他对伊良部的行为漠不关心。

回避的做法未免太愚蠢,和雄索性盯着护士的大腿看起来,忽然发现她的大腿根贴着一块小贴纸,写着"watch it"。和雄抬起头。护士第一次得意地朝他微笑。暴露狂?这个精神科的人怎么都是——

精神安定剂似乎起了效,在回去的车上,和雄的意识已经开始模糊。

上午回到家后,和雄一个人在和式房间里铺上被褥,倒头就睡。自从跟尚美吵架以来,他们一直分床睡。

他感到一种摇摇晃晃地坠入黑暗的快感。

醒来后,和雄才发现房间里一片漆黑。他凝望着天花板,连现在是什么时候、自己身在哪里都闹不清楚。

和雄努力转动着大脑。对啊,自己是在校对完后回了家。

他用手掌搓搓脸,静静地待了一会儿。他对时间失去了感觉。尽管知道睡醒了,可到底睡了多久,却一点都不清楚。

只是有一种熟睡的感觉。这样深沉的睡眠许久没有过了。

他扭过头，望望窗户。窗帘上看不到一丝光线，也没有声音。电视和厨房里的声音都听不到。

他捂着被子趴在那里，寻找手表。手表就在枕边。他拿起来看看表盘。

指针正指着十一点半。当然是夜间十一点半。

和雄不由得一怔。游泳池早就关门了。

没能履行与伊良部的约定，他急忙跳起来。

这算怎么回事。我居然连续睡了十二个小时。

和雄跪在被子上，连连叹气。

完了！他后悔没定闹钟，做梦都没想到自己会睡得这么死。

自己背叛了伊良部。他肯定正因厕所窗户没打开而焦躁，对自己大为光火。

且慢！和雄努力让处在迷糊状态的大脑清醒过来。伊良部约自己的时候说过，要在凌晨零点碰头。他很可能打算在那个时间溜进去。

若是这样还来得及。现在就赶往区民体育馆,还能碰上伊良部。

今天的事可以当场道歉，就说明天一定会把锁拆下来。

和雄站起来，穿上裤子和短袖衬衫，戴好手表，然后抓起运动包——平时那个塞满整套游泳用具的包。

一瞬间，连他都不知道自己在干什么了——我拿包干什么？

不过，他还是就这样出了公寓。

夜深人静的住宅区里，只有和雄一个人在狂奔。

内脏那蠕动般的不协调感平息了，感觉身体格外轻盈。十二个小时前脸色苍白的情况俨然就像没发生过一样。

照这个样子，自己想游多远就能游多远。

咦？他忽然停住脚步。怎么会想这种事呢，哪怕只是一瞬间，他也为自己的想法吃惊。

不会连自己也想……

管他呢，先赶路再说。和雄再次飞奔起来。现在最要紧的是跟伊良部碰面。

和雄赶到区民体育馆，并没有发现伊良部的影子。苍白的露天灯光静静地照着建筑的入口。

难道伊良部已经回去了？他有些泄气。

这时传来一阵粗鲁的排气声。他顿时听出是保时捷。旋即，一辆像大青蛙般的保时捷在体育馆前闪亮登场。

"啊，大森先生，你来了。"伊良部的笑脸从车窗里露出来。"太高兴了。"他爽朗地笑着说。

"那个，其实……"

和雄跑上前去，说明原委，还温顺地垂下了头。

"哦，原来是这么回事。"伊良部十分大度，"这不怪你。毕竟对不习惯安定剂的人来说，这药太管用了。"

多么心胸宽广的人，跟着这样的人混也无妨。

"那就不好意思了，看来只能打碎玻璃。"

"啊？"

"在车子的工具箱里找找，里面肯定有螺丝钳。"

"那个，我们可以从长计议……"

"你怎么又说起这种话来了？大森先生，你不是也准备好了吗？"伊良部指指和雄的包。

"啊，这……"和雄无言以对。

"行了行了，时间宝贵，赶紧下手。"

伊良部打开保时捷的后备箱，取出螺丝钳，走到体育馆后面。和雄鬼使神差地尾随在后。

这样做可以吗？我要犯非法侵入罪？和雄脑子仍一片混沌，不断自问自答。

与此同时，内心深处却在赞同。前面就是空无一人的游泳池。一处清晨之前没有任何人打扰、想怎么游就怎么游的游泳池！

如果能连续游上五小时，自己究竟会变成什么样子呢？此前只品尝过一点点那种无比幸福的感觉，现在有机会尽情品味……

来到厕所的窗前，伊良部立刻挥起螺丝钳打碎玻璃。刺耳的声音在黑暗中回响。这个家伙还真果断，完美地弄出了一个CD大小的圆洞。

伊良部把胳膊伸进洞里，弄开窗锁，打开窗户。

"啊，梯凳忘在车里了。算了。"伊良部的语气一点也不紧张，"不好意思，大森先生，给我当一下垫脚石。"

和雄言听计从。他跪到地上，两手撑住，等待伊良部踩在身上。

伊良部踏在了和雄背上。好重。和雄只觉得犹如被一只大象踩在脚下，连脸都歪了。

"咦？这窗子比想象的要小啊。"

伊良部想先把头钻进去。和雄忽然觉得后背一阵剧痛，原来伊良部纵身一跃。

和雄当场摔倒，眼前金星乱舞。他跪在那里，疼痛半天都没消退。一阵呻吟声在耳边响起。咦？不是自己的声音？

他一愣，抬起头来。

一个巨大的屁股出现在眼前，完全卡在了窗框里。

"呜呜呜……"伊良部一面呻吟，一面胡乱蹬着脚。

"大夫，你没事吧？"和雄站起来招呼一句。

"你推我一把。"

"啊，好的。"

和雄拼命地推，可是伊良部的屁股纹丝不动，窗框已经深深地卡进屁股上的肉里。

和雄又试着往回拽，也一动不动。怎么办？他犹豫了一下，还是选择了往后拽。就算推进去了，出来的时候也是个麻烦。今晚就先算了，一切可以从长计议。

"嘿嘿嘿。"伊良部笑起来。

这是什么样的神经啊？这种紧急时刻居然还能笑出来？和雄调整了一下姿势，用上全身的力气去拽伊良部的脚。

"嘿嘿嘿。"伊良部仍在笑。

不，不对。和雄停止拉拽，竖起耳朵。

"呜呜呜，嘤、嘤……"

是抽泣的声音。伊良部正在哭鼻子。

这家伙真没劲。刚才那毫不畏惧、勇往直前的气势哪儿去了？

"大夫，怎么了？"

"我怕挨妈妈骂。"

妈妈？和雄真不知该说什么好。事情哪有这么简单，如果拖到早晨会被警察抓住。我也会作为同犯被抓起来。那时怎么和公司交代？家庭怎么办？尚美肯定会回娘家的。

和雄蹬着墙，伸出胳膊，从窗户仅剩的一点缝隙里抓住伊良部的腰带。

他深吸一口气，手和脚全鼓足劲。一瞬间，腰带扣弹飞了。他只是拽坏了腰带。

和雄双手叉腰，站在那里不住地叹气。

"大森先生，"伊良部气若游丝，"你不用管我了，自己回去吧。"

"我不回去。你如果被抓住，我也不会有好日子过。"

这次他没有叫"大夫"。刚才还想跟这个人混下去，可如今……

"下次我非砸它正门的玻璃不可。"

"说什么呢,你?"和雄揪着自己的头发。

还会有下一次吗?和雄扶着墙摇摇头。这个计划从一开始就是错的。就算今晚能在空无一人的游泳池里游上五个小时,这种欲求也不是一次就能获得满足,肯定还想来第二次。自己陷入了一个跟毒品一样的世界,只会一步步沦陷下去。如此显而易见的道理,以前怎么就没发现呢?

这时,远处传来一阵警笛声,是巡逻警车的警笛。

和雄只觉得后背发冷,浑身直打哆嗦。莫非有人报警了?

声音逐渐变大,和雄的心怦怦直跳。

公司、邻居、妻子……这些词儿在大脑里飞速旋转。

完了,我肯定会上报纸的。一名变态中年男子深夜企图溜进游泳池!如此滑稽的故事,媒体绝对不会放过。

没错,这完全是一个滑稽的故事。

明明想逃,脚却动弹不得。伊良部仍在拼命挣扎。

巡逻车从前面的街道上呼啸而过。

咦?和雄把耳朵伸向声音的方向。没错,巡逻车的确远去了。

和雄顿时全身无力,瘫坐在那里。

没事了,吓死我了……和雄长舒一口气,挠挠头。真的,自己为什么要做这种傻事呢?

等回过神来,手心早已被汗水湿透。他缓缓地站起来。

"大森先生。"

"闭嘴,别吵吵。"

和雄啪地拍了一下伊良部的屁股。

心脏仍跳得厉害。他活动了一下肩膀,企图甩掉紧张的余韵。

没事,又不是骨头被卡住了,问题是肉。如果按摘戒指的要领去弄,肯定会有办法。

和雄借着月光观察,在周围转来转去。他想找点水。既然是体育设施,外面应该有冲脚的地方。

不久他就找到了。巧的是发现一盘卷起来的软管,旁边还有个简陋的架子。架子上放有清洁剂,大概是用来擦洗水泥地的。好极了!反正伊良部的屁股不是牛屁股就是大象屁股。

和雄打开水龙头。软管像生物一样蜿蜒扭动。他抓起另一头,返回伊良部所在的地方。

"大森先生,你要干什么?"

"你就忍忍吧,我是在帮你。"

和雄往伊良部的屁股上浇了些水,洒上清洁剂,再用手抹匀,顿时起了一层泡沫。

"喂喂,冻死我了。"

"马上就好,闭嘴。"

和雄停止喷水,在裤子上擦擦手。他一面调整呼吸,一面端详着伊良部的屁股。

大脑已经清醒了，我没问题。虽然不知道身体不适的情况有没有痊愈，但已经没事了。至少心情没问题了。

和雄抓住伊良部的脚脖子。

"嗨——"他一咬牙，猛地一拽。

"疼疼疼疼——"伊良部发出哀鸣。

"别出声！"和雄怒喝一声。

似乎有门儿，能一点点地拔出来了。和雄像拔河一样使劲用脚蹬着地，牙齿咯咯直响。

阻力忽然消失，和雄的身体往后弹飞出去。他就像在跳哥萨克舞一样，乱蹬着两腿掉到了绿化带中。

和雄仰面朝天地躺在那里，望着天空。一弯新月挂在夜空中，月光温柔静谧地照着大地。

"啊啊啊啊——"

传来伊良部的声音。和雄直起身子。伊良部正横躺在窗下，看上去像一头海狮。

和雄站起来，喘着粗气走到伊良部身旁。

"大夫，没事吧？"

"谁说没事？眼镜都打碎了。"

"这么点小事。"

"还流鼻血了。"

和雄又一看，他鼻子下边果然被血染红了。

"我给你用水洗洗。"

和雄递过毛巾,再次打开水龙头,用软管向他手上浇水,顺便冲掉沾在窗框上的肥皂泡。把人家的窗玻璃打破本来就不对,事后哪怕给人家收拾一下也好。

"看来还是去大海好啊。"伊良部说。

"那干脆在医院的后院造一个二十五米的池子。反正一条泳道就足够了。"

"啊,对啊。怎么把这个给忘了。"

两个人在现场待了一会儿,伸开腿坐下来。

伊良部带着香烟,和雄就要了一根叼在嘴里。虽然戒烟已经十年,不过他觉得今晚这种情况,完全可以吸上两口。

结果里面竟是巧克力。伊良部剥掉纸,贪婪地嚼着。

和雄全身像散了架一样无力,同时心情也放松下来。

和雄回到公寓,打开房门,只见里面的起居室仍亮着灯。

尚美还没睡,正在看书。

"你回来了。"她平静地说。

"哟,还没睡啊。"和雄径直走进厨房,从冰箱里拿出罐装啤酒。

"你也喝点?"

"嗯,来点吧。"

和雄把尚美那罐放在桌上,自己在对面的沙发上坐下来。

"去哪儿了？"尚美拉开拉环，问道。

"游泳池。"

"不会吧。"尚美微微瞪大了眼睛。

"不骗你。只是人家已经关门了。"

"……你没事吧？"

"没事。"和雄不禁苦笑了一下。

"怎么了？"

"嗯？"和雄略微思考了一下。他倚在沙发靠背上，叹口气。"其实……"他还没开口就先笑出来，怎么也忍不住喷涌而出的笑意。

"什么啊，快跟我说说。什么事这么好笑？"

尚美也受了感染，微笑起来。

和雄觉得夫妻间不该有隐瞒，便把今天的事情全告诉了妻子。

他也把身体已经恢复的事告诉了妻子，顺便为此前夫妻吵架的事道了歉。

"那医生原来是个恋注射癖兼恋母情结啊。"尚美耸耸肩膀，"不过把你的病给治好了，从结果来看，还是个不错的医生。你说呢？"

"啊，倒也是。"和雄又笑出声来。

"我啊，"尚美忽然冒出一句，"说实话，其实一直很焦虑。"

"焦虑什么？"

"因为你啊。就怕你变得不正常了。"

"啊……抱歉。"

"我还查看了存折,半年时间还是能对付过去的,实在不行,就让你辞职。"

"你都想到这一步了?"

"是啊。因为我跟你一样,也睡不着。"

"……抱歉。"和雄再次点头致歉。

尚美倚在沙发上,嘴角浮出平静的微笑,心情似乎变好了。

"下次也带我去游泳池吧。"

"嗯,好啊。"

"但不能每天都去。"

"那是当然。"

时隔许久,两个人亲亲热热地说着夫妻间的闲话。尚美又打开一罐啤酒,大概是有点醉意了,红着脸嬉闹起来。

对啊,除了游泳之外,别的地方也能使用体力,那不也是一种不错的有氧运动吗?和雄一面想着这种下流事,一面泛起坏笑,朝尚美压过去。

清爽的夜风从敞开的窗户吹进来,远处传来一阵阵狗的号叫。

持续勃起

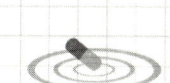

1

"镇静剂也不行？"年轻的医生抱着胳膊，嗯了一声，"毕竟我们这儿没有先例。"他抬眼望着远方，微微叹息。

隔着一段距离，护士们全都好奇地竖着耳朵，还不时看向这边。原来她们正在偷窥那个可怜患者大腿中间的地方。

田口哲也心情沉重，用衬衫下摆盖住自己那隆起的生殖器。当然，那东西太坚挺，遮都遮不住。

"根据资料，这种病症叫持续勃起症或阴茎强直症。战后，医学界只报告过数十例这种病例。"

医生的话让哲也很沮丧。事态的严重性让他情绪低落。

"并没有有效的治疗方法，但这倒不是不治之症，据说最长的纪录只有一百八十天。"

"一百八十天？"哲也连声调都变了，感到一阵头晕，差点从凳子上跌下来。

"不过,目前还没有实际损害。"医生安慰说。

"可是老这么勃起着很疼啊。"哲也痛苦地倾诉。

"尽量不要勒紧下身,比如内裤要穿运动款的,裤子也尽量穿宽松型的。"

"这样还是很惹眼,毕竟每天都要去公司。"

"那就别脱外套了。"

"大夏天的,不脱太别扭了。"

"可是,田口先生,我也没办法啊……"

医生的眉毛拧成了八字,十分为难。哲也越发陷入绝望。

前天早上,他做了个春梦,梦见跟早已离婚的妻子佐代子言归于好,两人还开始做爱。都是我不好——面对流着眼泪请自己原谅的佐代子,哲也产生了一股强烈的性欲。他望着佐代子泛着红晕的脸,再次觉得这是个好女人。那仿佛是真实的做爱,根本不像在做梦。他甚至还感受到了佐代子的体温。

闹钟把他拉回了现实,他顿时陷入自我厌恶。又做了一个这样的梦,真让人留恋。明明是一个三年前就已分手的女人……他把手放到大腿间,发现自己的生殖器像翠竹一样屹立不倒,不禁大吃一惊。那东西像十多岁的时候那样威风凛凛。

他下了床,走向洗手间,偏巧踩在地板上堆得乱七八糟的杂志上,滑了一跤。他连忙扶住书架,结果胡乱堆在书架上的《广辞苑》掉了下来。又厚又重的词典不偏不倚，正好命中他大腿间的部位。

他疼得差点昏过去，在地板上蹲了半天，眼泪流了一箩筐，大半眼泪很可能是为自己的悲惨遭遇而流的——一个三十五岁的男人，竟然有这样羞于见人的遭遇。

撒完尿，他啃着面包当早餐，忽然觉得身体中心部位有些不对劲，无意间看看下面，生殖器仍然勃起着。他不禁皱起眉：自己早已不想那些情欲之事了，到底怎么回事？

在上班的电车上，那儿也勃起着。大腿间鼓得那么高，是个人都能看出来。他扣上外套的纽扣，用包遮挡住那个部分，生怕被人当成流氓，尽量与女乘客保持距离。

到公司做起事来，生殖器也没有软下来。当然，这种情况是头一回遇到，他有点不安。

哲也一去厕所就进了隔间，尝试着自慰。他在大脑中回味着今早的春梦，三分钟左右便释放出来了。他紧盯着大腿间，那儿依旧屹立不倒，还伴有疼痛，海绵体内一阵阵跳痛。

怎么回事？他用混乱的大脑拼命思考，仍然觉得莫名其妙。

到了下午，恐惧逐渐袭来。哲也已经无心工作，别人跟他说话，他也心不在焉。他频频看下面，心情越发沉重。毋庸置疑，这肯定是异常状况。我的"小弟弟"会不会一直这样持续下去？一想这个，他就坐立不安。他跟部长说身体不舒服，就早退了。大概是脸色很苍白,连部长都对他的健康状况有点担心。

回到公寓,哲也就到洗澡间洗冷水澡。他把毛巾泡在冷水里,冷敷局部。可那东西依然勃起着。他心中充满不安,胸闷难受,连饭都吃不下。

说不定过一晚就好了呢。他在心里不住地祈祷,一夜未睡。可事态仍然没有改观,"小弟弟"哪管老大的死活,依然精神饱满。

昨天,哲也毫不犹豫地叩响了医院的门,在上班途中造访了"伊良部综合医院"的泌尿科。

接诊的年轻医生起初坚信他是伟哥服用过量。即使他一再否认,医生仍想进行牵强的推理,说"会不会是弄碎混进食物吃了下去"。哲也从不记得有这种情况。他最近的晚饭都是便利店的便当,还是就着瓶装的茶水吃下去的。

明白不是药物的作用后,医生的表情难看起来,取来立可拍相机。"啊,脸是不会拍的。"医生说了一句,便不由分说地开始拍哲也的大腿间。作为临时处置,给他打了一针镇静剂,就把他打发回去了。

"由于血液源源不断地输入,所以很可能引发了植物神经紊乱……"医生独自嘟哝着,"难道是与阳痿相反的症状?这么一来就不是功能性问题,很可能是心因性问题了……"

"那个,可以提上裤子了吗?"哲也问。

医生若无其事地回答了一声"啊,请",便飞快地开始写病历。

"晚上失眠,对吧?"

"基本上是,也没有食欲。"

"知道。精神上也很痛苦吧?"医生朝空中凝望一会儿,然后用笔挠挠头,朝哲也转过来,"要不,再去这儿的精神科看看?"

哲也一时难以回答。

"就在地下。"说着,医生指指下面,"从多种角度诊断一下不是坏事。精神科给药的方式也不一样。对对,就这样吧。"

说完,他再也不看哲也的眼睛,就像随随便便地做出了决定。莫非是想把麻烦的患者转到别处去?哲也叹了口气。无所谓。按现在的情况,哪怕只是一根稻草,他也想去抓。如果有人建议他请祈祷师看看,他也会照做的。

哲也出了泌尿科,没精打采地走下医院的楼梯,朝地下走去。地下的气氛为之一变,弥漫着一种剧院后台般的气息。走廊里堆满了瓦楞纸箱,或许是心理作用,连照明都显得有点暗淡。找到"精神科"的牌子后,哲也忐忑地敲敲门。

"欢迎光临!"里面顿时传来不合时宜的尖锐的声音。哲也轻轻打开门,走进诊室,只见一位圆滚滚的医生坐在那里,皮肤很白,年龄大约四十五岁,脸上挂着笑容。

"病历我已经看过了。阴茎强直症。经常处于临战状态,对吧?"

医生咧着嘴,露着牙龈。在他的招呼下,哲也在凳子上坐下。

"像你这种情况不能想得太严重。那些正为勃起功能不全苦恼的人听了，简直要羡慕死了。我最近也有点勃起不好呢，啊哈哈。"

哲也盯着医生的脸。这种突如其来的亲昵让他无所适从。精神科是头一次来，难道让患者放松也是治疗的一环？

"阳痿主要来自自信的缺失，田口先生，你的情况完全反了过来，简直就是信心爆棚啊。肯定是'你们一个个全放马过来吧，保准让你们哭爹喊娘'，对吧？啊哈哈。"

哲也不知如何回答是好。看看对方胸前的名牌，上面写着"医学博士 伊良部一郎"。大概是医院经营者的家人吧。

"总之，先让我领略一下。"

在对方的催促下，哲也褪下裤子和内裤。一位美丽的年轻护士就站在一旁，毫无顾忌地盯着他看，就算跟他四目相对，也面不改色。

"嗯。"伊良部探过身子，用中指"哳"地弹了一下哲也隆起的部位。哲也不禁哆嗦了一下。

"这样不会贫血吧？"

哲也没明白是什么意思。

"啊，我是说，血液全都集中到了这儿，会不会造成大脑供血不足？"

"没，还没有……"

"我是在开玩笑呢。啊哈哈哈。"伊良部爽朗地笑起来。

不悦的情绪开始涌上哲也的心头。莫非让人给耍了？自己都快急死了，你们却还……

"那，你那些下流的妄想是从什么时候开始的？"伊良部问。

"啊？"

"你的大脑肯定都被下流的妄想占据了吧。"

这家伙在胡说些什么？

"这种人是经常有的。比如一旦被人追赶，就会连续琢磨上二十四小时，或者大脑里不知为何总浮现出自家着火的情景，无法外出……这些全都是强迫症。田口先生的大脑中也肯定有一个女人时时刻刻逼上来。呃呵呵。"

"不是的。"哲也提高了嗓门。可一瞬间，佐代子的面容却浮上心头。

"啊，你这种羞于启齿的心情可以理解。"

"我都说了，不是。"哲也十分生气。

"真的不是？"

"对。首先，再怎么想那些淫秽的事，那东西也不会一直勃起啊，这绝对不正常。"

"嗯，你说得有道理。"

伊良部纳闷地望着病历，沉默了一会儿，板起脸，从椅子上站起来，让哲也起立。尽管有点纳闷，哲也还是遵照指示。

"田口先生，冒犯了。"

不知为何，伊良部竟道起歉来。接下来的一瞬间，伊良部的膝盖忽然插进了哲也的大腿间。哲也顿时明白让对方顶了一下。伴随着剧痛，他觉得天旋地转，当场栽倒。脑壳疼痛，仿佛里面有人用锤子在砰砰敲打一样。

"干、干什么……"哲也连话都说不出来了。

"怎么样，快蔫了吧？我只是给它一点打击而已。"

伊良部像什么事儿都没有似的说。

"你、你……"哲也顿时大怒，可身体却不听使唤，全身冒汗。

"既然是外在冲击造成了这样的结果，那么施以同样的冲击，会不会治愈呢……"

哲也觉得有道理，不禁在愤怒和痛苦中妥协了，或许是因为自己懦弱的缘故吧。

他硬撑着站起来，坐在凳子上，放下一直捂在大腿间的手，和伊良部大眼瞪小眼。

那儿仍然勃起着。

"不行？"伊良部若无其事地说。

"你太过分了吧，冷不丁来一下子。"哲也红着脸抗议。

"这事能提前告诉你吗？"伊良部毫不畏缩，"而且，无论是身体原因还是心理原因，冲击疗法是最有效的手段。"

"所以你就蛮干？"

"这跟我们用力拍显像不好的电视机是一个道理。如果因为某种机缘巧合,产生阻碍的东西掉下来,就恢复正常了,这种事常有。"

扯淡。有这么说话的吗?

"田口先生是不是有闹心的事？"

"什么意思？"

"让你烦恼、忧虑和担心的事。"

让他一说,佐代子的面容又浮现出来。不,不可能。

"比如挪用公司的钱。"

"啊？"

"或者是撞人后逃逸。"

哲也直直盯着伊良部的脸,他的赘肉都从下巴两侧鼓了出来。

"一点都没有？"

"不可能有。"

"人的身体比宇宙还神奇,所以,不思考也是一种本领。"

哲也想打退堂鼓。这个医生绝对是脑子坏掉了。

"总之,先打个针吧。"伊良部说。

"不,在泌尿科打过了,没用的。"哲也目光平静,谢绝了他。

"喂,真由美。"伊良部并不理会,依旧命令护士准备注射,"别这样,定期给药是很重要的。"

哲也朝被唤作真由美的护士望去。只见她白大褂的前胸大大地敞开着,一蹲下来,深深的乳沟就尽收眼底。

那就先打一次试试吧。泌尿科的医生也说过,精神科的给药方式是不一样的。

哲也把胳膊放在注射台上,连护士那半罩杯的文胸都看在了眼里,大腿间顿时发疼。针扎下去后,伊良部把脸凑过来,鼻孔张得大大的。

这都是些什么人啊。周围的一切都仿佛变得不真实了。

"这段时间要定期来医院。"伊良部晃着肚子说道。

抵触情绪似乎也消失了。哲也默默地点点头。算了,反正去哪家医院,这种"阴茎强直症"的怪病都会让人看热闹。

哲也迟一些赶到公司,在办公桌前坐下。这是一家实力超群的商业公司,他目前负责食品公司的销售战略,扛着主任的头衔,同时也肩负着责任。他对着电脑敲消费者问卷调查的数据。只是注意力毫不集中,他怎么也放不下大腿间的事。

伊良部的话语忽然浮现在脑海中:"田口先生是不是有闹心的事?"明明不愿去想,可思绪总离不开佐代子。妻子和公司的同事出轨,低眉顺眼地说了一句抱歉,就离他而去,如今跟那个男人步入了新的婚姻生活。

哲也长舒一口气,想甩掉这些杂念。被这么一问,谁都会有一两件闹心事。没有烦恼还算是现代人吗?

哲也点上一支烟,呆呆地望着浮起的烟圈。

可是,起因是梦见了佐代子,这也是事实。回想起这三年来,佐代子的影子从未离开过大脑。如今佐代子是不是正被现任丈夫搂在怀里呢——晚上，哲也独自躺在床上为此烦恼，已不是一次两次了，所以他尽量不朝佐代子住的方向看。

怨恨还是有的，可自我厌恶的心情更严重。他拼命维护着自己的面子，想说的话都没说，一句"再见"就将她打发走了。

大腿间又疼了起来，哲也不由得龇牙咧嘴。

"田口先生，你怎么了？"坐在对面负责杂务的阿绿跟他打招呼。

"啊，没事。"哲也故作平静。

"怎么不脱外套啊？连扣子都没解开？"

"我有点冷。"

"好奇怪。怎么就像怕冷的女人一样。"对方露出洁白的牙齿，笑了。

怕冷？对啊，要不就买个围毯？哲也弓着腰，强忍着疼痛。

总之，裤子上的隆起务必继续掩盖下去。一旦让周围的人知道了，自己的脸往哪里搁？

不安的心情越来越严重，哲也不住地叹息。

2

第二天，他又去了伊良部综合医院的精神科。早晨，看到依然勃起的生殖器，他无法忍受心里的不安。他一个人已经扛不下去了，只想找个人倾诉一下，随便谁都行。

今天一去就打了针。他仔细观摩真由美护士的乳沟。她戴着透明的文胸，看来这位护士喜欢暴露肌肤。

"你有没有能发泄精力的嗜好？"伊良部在椅子上坐下来，问。

"没，没有。"

"保持血液循环很重要，所以，最好是运动运动。"

"不行啊，很疼的。"

哲也把手放到大腿间。自从持续勃起之后，他连走路都很困难，爬一级车站的台阶就感到剧痛难忍。

他将这种情况告诉伊良部，伊良部一面呷着咖啡，一面说"或许是身体拒绝血液循环吧"。

"你现在的血液形成了一条只流向生殖器的线路，却忘记了其他线路。就像唱片跳音一样，只播放同一个沟槽的音乐。"

哲也似乎有点开窍了。"那该怎么办？"

"最好还是给予冲击——"

"不行！"哲也一口回绝。

"精神冲击也可以啊。"伊良部用咖啡漱着口。哲也不知道他要干啥，没想到他竟咕嘟一口直接咽了下去，"比如，尝试一下能让那里萎缩的体验。"

"哦？"哲也探过身子。

"假如撞了流氓的奔驰车逃走的话,你肯定会吓破胆的。"

哲也泄了气,他想换一家医院。

"蹦极之类也不错。"

真难以置信。这样肯定只会加重疼痛。

"要不试试迪士尼乐园的过山车?我也一起去。"

哲也没有回答,叹了口气。

"顺便再看看电子大游行。"

太悲惨了,自己为什么非要和这个中年男人去游乐园不可?

这时,桌子上的电话响起来。"不好意思。"伊良部拿起话筒,"我当谁呢,怎么又是你。"

伊良部抬高了嗓门。话筒那边依稀传来女人的声音。他的脸顿时涨红了。

"谁给你付钱?你这臭婊子。"他的太阳穴上暴起青筋,开始怒骂。

"赔偿费三千万日元?开什么玩笑!你给个开价的理由,理由!"

哲也呆若木鸡地望着他打电话。

"结婚才三个月,你凭什么要这么多钱?一个月一千万?亏你能说得出来,也不撒泡尿照照镜子。连高级妓女都没这个价。什么?给你的经历增添了污点?你别抢我台词好不好?我妈现在正暴跳如雷,说给伊良部家丢脸了呢。"

伊良部站起来,满屋子都是他震耳欲聋的声音。

"你一开始就是冲着钱来的吧？我才要告你呢。不管雇多少一流律师，我也要把你这张皮剥下来。"

伊良部大嚷了五分钟左右，猛地挂断了电话。"混账女人！"他满脸通红，不屑地说。

"那个，田口先生，你听我说。"

接着，伊良部像突然切换开关一样，再次换上热情的语气。哲也差点从凳子上掉下来。这家伙，真是翻手为云覆手为雨啊。

"一个跟我结婚才没几天的浪荡女人，居然跟我要赔偿费。"

说着，他把手放在了哲也的膝盖上，吓得哲也一哆嗦。

"我妈唠叨说，一郎也该成家娶个媳妇了。于是，我去了有医生和一流企业女白领，还有好人家的家政保姆参加的相亲会，结果就被一个女人盯上了。"

你这样的人，居然也有女人来纠缠？话刚到嗓子眼，哲也又咽了下去。

"对方很主动，于是我们闪婚了。但开始一起生活后，她就处处找起茬来，什么兴趣不合啦，价值观不同啦，再加上和我妈处得也不好，才三个月就回了娘家。你不觉得她太任性了吗？"

"呃，也是。"哲也无奈，只好附和。

"所以我也灰心了，没想到这女人竟然雇了律师要跟我离婚，还跟我要赔偿费，张嘴就是三千万。"

"那是有点过分。"

"过分吧?还让我穿女佣的衣服。"

"啊?"

"你说谁家搞这些乱七八糟的COSPLAY?"

"哦,那是有点……"

"还不让我把蛋黄酱浇在米饭上,连这些鸡毛蒜皮的小事都管。"

"那个,米饭加蛋黄酱也有点……"

"我完全让这个恶女人给耍了。"伊良部怄气地噘起嘴,"田口先生,你是单身?"

"啊,是。"

"那最好了。可千万别结什么婚。"

说着,伊良部还咯吱咯吱地挠起那颗猪头来。视线与哲也撞到一起,他一咧嘴,露出牙龈。

哲也忽然看到了他胸前名牌上"医学博士"的字样。这个国家的博士到底都怎么了?他在心里嘟哝。

伊良部可谓是迄今遇到的怪人中的怪人。他肯定没有烦恼,完全按照自己的欲望行动,想嚷就嚷,想笑就笑,跟一个没有烦恼的五岁小孩儿一样。

不过,哲也还是有些羡慕,至少这家伙不会像自己一样烦恼。

看来他也被妻子甩了,沦落到跟自己一样的境遇。为什么他却跟自己有天壤之别呢?

哲也途中在商场买了条围毯，才去了公司。在办公桌前摊开毯子，女职员们全都投来好奇的目光。"换的奖品，不用就浪费了。"他笑着敷衍过去，但脸颊还是有些僵硬。

开始工作后，他也在惦记伊良部的事。尽管眼前对着电脑，上午的事情却历历在目。

你这个臭婊子——伊良部在电话里怒吼。这是一句自己根本说不出口的台词，是一种一直压在心底的情绪。

得知佐代子出轨的时候，自己第一感觉就是迷惘，拼命思考为什么会出现这样的结局。

抱歉，我爱上别人了——听到妻子的坦白，愤怒呼呼地涌上心头，可别的感情也开始掺和进来。

哲也不想把自己整得更惨。男人是有尊严的，决不许别人把"龟公"这顶绿帽子扣到自己头上。当然，多少还是有些愤怒。看你一眼都会弄脏我的眼睛，赶紧滚蛋。他很想这样怒吼，却没有让感情爆发出来，拼命维护体面，还对周围的人撒谎"那些见不着面的夫妻多着呢"。

其实他何尝不想连那个情敌也痛揍一顿，臭骂一番，就像伊良部一样青筋暴凸地大骂"你这个臭婊子"。

大概是自己太看重体面了，害怕出丑。

内线电话响了。接起来一听，是营业部的一名女职员打来的。

"铃木食品的消费者问卷调查结果出来了吗？"

"咦，不是下周出来吗？"

"哎？是今天啊。我还想现在给人家送过去呢。"

"不，你错了。是下周。"

"不可能。"对方冷冷地说，"既然这样，那就请田口先生给对方打个电话吧，就说拖到下周了。"

"什么，我打？"

"拜托。"对方不等他回答就挂断了电话。

真是林子大了什么鸟都有，他在心里咒骂。凭什么，一个年轻女人居然都敢用这种口气跟自己说话？若是男职员，他早就一声怒吼了。

这时，大腿间又疼了起来。他不禁弓起腰。

现在也不迟，要不打内线教训她一下？就说是她弄错了，由她自己来处理。

……要不还是算了。哲也停下刚想伸出去的手，改变了主意。今后还要一起共事，他不想弄得不愉快。而且，让女人回心转意很麻烦。一旦把一个女人变成敌人，就等于把所有女人都变成了敌人。

哲也死了心，给客户拨打电话。尽管负责人表示原谅，却并不可怜低头认错的他。

疼痛越发剧烈。生殖器把裤子顶得更高了。他心急火燎地站起来，想去厕所。围毯却啪嗒一下掉了下来。对面的阿绿条件反射般抬起头，视线投向了他的大腿间。

完了，被看到了！

他慌忙离开。一直腰疼，他只好弓着腰走路，感到有视线往后背上戳，顿时满脸直冒汗。

他疾步走过走廊，女职员们纷纷给他让道，肯定是因为他的脸色非同寻常。

哲也进入厕所隔间，褪下裤子。生殖器红彤彤地充满了血，高高地耸立着，都快要到肚脐眼那儿了。疼痛不断加剧，他咬紧牙关强忍。

自己怎么会得上这么一种怪病，对朋友都开不了口。在它软下来之前，也不能进行正常的人际交往了。

医生说这并非不治之症，却没有保证可以治愈。自己到底是怎么了？他真想大喊一声"有谁能帮帮我"。

他盯着青筋暴起的生殖器，大脑里忽然浮现出一个念头。

生殖器是在发怒，就像为主人忍气吞声而愤怒一样。

莫非是自己没有坦率地让血液冲到头顶，所以那些血就回流到生殖器里去了？太阳穴上没有青筋暴起，所以这家伙便取而代之地"暴起"了？这种念头在哲也的大脑中急剧膨胀。

他对佐代子什么都没说，甚至没有对出轨的妻子大声嚷过。

刚才也是如此，他任由狂妄的年轻女职员摆布，并非是胆小的原因。如果对方是男人，他肯定什么话都能说出来。在女人面前，他扮演了一个太过善良理性的男人。

要不就去把佐代子骂一顿？"你这个臭婊子！"顺便再送她一记耳光。通过一些传闻，他获悉了佐代子的住址，也知道她仍在以前的公司上班。

他坐在坐便器上，大口地呼气，用手巾擦着额头的汗。

是不是有点迟了？都过去三年了。

对方肯定会感到莫名其妙，弄不好还会把警察招来。如果让周围的人知道了，他们肯定会笑掉大牙。

他背靠着水箱，闭上眼睛。

不，这种理性是多余的。正因为自己过度压抑感情，才会落到这步田地。

不知为何，他相信了：阴茎强直症的原因就在于自己压抑感情。

他决定去对佐代子说上两句，要骂她个狗血喷头，让她跪地求饶。

他完全有这种权利，因为他这边一点过错都没有。

一站起来，一阵剧痛又掠过下体。他想蹲下，额头却重重地撞在了墙上。

眼前金星乱舞。哲也下定决心，非要让佐代子谢罪不可。

哲也没有加班，准时离开公司。佐代子所住的私铁沿线社区是热门地带，连女性杂志都经常发特刊报道。

穿过车站的检票口，目力所及的地方都是年轻女人的身影。路上走的人没有一个像家庭主妇。大家都穿着时尚的服装，享受着下班后的私人时间。

哲也从两人共同的朋友那里得知，佐代子买了一处挨着公园的新建公寓。他在车站前的派出所让人看过地图后，找到了公园的位置。如果周围有全新的建筑，那肯定就是佐代子的住处。

哲也走了五分钟左右，很快就找到了。那是一处灰色外墙的豪华公寓。窗户里亮着几盏高档的白炽灯。从外面也很容易想象住户们奢华的生活方式。若是夫妻双方都上班，经济上就更富裕了。

哲也一直住在租赁的旧公寓里。如果想买房子的话，倒也能买得起，但他不想这么做。至于未来的蓝图，他目前并不想规划。

哲也在入口处找到了房间号。牌子上写着两个人的名字。佐代子的姓已不再是"田口"，而是冠上了另一个男人的姓氏。

哲也心里堵得难受。

再瞧瞧信箱，里面堆着好几封广告函件。看来她还没有回家。哲也走进对面的公园，在一处能监视公寓情形的椅子上坐下来。

不管等几个小时，他都要等下去。他一个个地审视着行人。

佐代子一旦出现，他就立刻堵到面前，冷漠地看着她，说一句："哟，好久不见了。有点事忘了告诉你。"再啪地给她一记耳光。佐代子肯定十分惊愕，连声音都发不出来。然后他还要甩出一句："你这个臭婊子！"

哲也抽了好几支香烟，又在自动售货机上买了瓶果汁，安抚干渴的喉咙。

不过，打耳光会不会有点过分？如此一来会演变成暴力行为，一旦把警察招来，也会给公司那边带来麻烦。他一时犹豫起来。

要不就啐她一口？这样既没有实际损害，侮辱的效果还很明显。

哲也闭上眼睛，做了个深呼吸。

不，只用语言就足够了。佐代子也很内疚，一看到自己的身影应该就慌了神。然后再骂上几句，比如你简直不是人，你这个淫乱的女人，做饭太差劲，以前我一忍再忍，你做的酱汤咸死人等。

看看手表，已经是晚上八点了。

这时一阵脚步声传来。哲也循声望去。在照明灯下，一张女人的面孔浮现出来。

他当即认出是佐代子。只是她旁边还有一个男人。

啊，原来如此！她跟新丈夫在同一家公司啊。既然下班时间相同，肯定会一起回家。自己事前怎么就没考虑到这一点？

哲也从椅子上起身，藏到树后。他瞬间便做出了这种反应。尽管心跳得厉害，激情却在不断冷却。他偷偷探出脸察看动静。

佐代子从前面横穿而过。明明距离应该有十多米远，却连她脸上柔嫩的肌肤都看得清清楚楚。

她变漂亮了，比三年前漂亮多了。那是一张充满幸福的脸，她正与丈夫交谈着、微笑着……

真是天生的一对。虽然是头一次见，不过那男人看上去很温和。两人手牵着手。哲也看到那紧紧相扣的十根手指，回过神来。

自己到底在干什么？居然要找前妻说什么迟到三年的怨言，真是傻到家了，真是脑子进水了。

两人消失在了公寓中。

哲也被眼前的情景和自己的愚蠢摧毁了。

3

去伊良部综合医院成了哲也每天的必修课。虽然期待每天的注射很快见效，想治愈孤独的念头却更强烈。至于倾诉对象，只有伊良部一个人。

他对公司谎称自己腰疼，需要接受红外线治疗。这样一来，弓着腰走路的毛病和不自然的围毯也多少能糊弄一下。

看到佐代子那一晚，他在厨房烧掉了一直藏在抽屉深处的前妻的照片。他一直欺骗自己，说什么因为上面也有自己，才一直保存下来，可如今得处理掉了。

不过，心情却没有一下子轻松起来，痛苦只增不减。看到那男人的相貌后，脑中的妄想变得越发具体。

"田口先生，走吧，去迪士尼乐园。"

伊良部哪儿知道哲也的心思，依然是无忧无虑。

"这也堪称是'巨雷山①刺激疗法'了。"

是你自己想去吧？哲也真想朝他怒吼一声。可另一方面，他对这家伙不同寻常的做法又深感羡慕——这个人完全不在乎别人的眼光，每天晚上都睡得很香吧。

"那么，丰岛园的水世界怎么样？"

"我现在这个状态，你觉得能穿泳裤吗？"

"也是，会让人当成变态的。"

没脑子。哲也都懒得理他。

"对了，田口先生，有件事想拜托你。"

伊良部挠挠头说，头皮屑簌簌地落到地板上。

"我上次对你说过一个要和我离婚的女人的事，对吧。田口先生，你能不能去勾引一下那女人，把她带到酒店里？"

哲也皱起眉。

"没事没事。那女人很轻佻。只要你告诉她自己是医生，她肯定会屁颠屁颠地跟你走。"伊良部抠着鼻子说，"我也想为调解争取有利条件。我会跟踪偷拍你们约会的现场。"

"你是在开玩笑吧？"哲也探出下巴。

"唔，哪能呢。"伊良部用白大褂擦拭着手指，"因为这种事我

---

① 东京迪士尼乐园的过山车。

实在不好求别人。"

伊良部分明是在乞求,而且还是乞求一名患者。他拿出一张女人的照片给哲也看。那是一位不输给选美比赛选手的美女。跟这样的美人哪怕过上几个月,也是上天垂怜啊——哲也差点说出口来。

"怎么样,田口先生,拜托了。"

"不行。"哲也慌忙摇摇头。

"人生是需要刺激的,如果只在公司和家之间来来往往,就会十分乏味。一般来说,生病需要静养,不过你的情况正好相反。书上说,对于阴茎强直症,只有刺激或变化才有效。"

你就瞎扯吧,谁信呢?

"当然,我会支付酬金的。报酬十万,成功之后再付三十万。诊疗费全免。"

这家伙真是医生吗?

一番挣扎后,哲也还是设法拒绝了。伊良部若是处在自己的立场,肯定不会轻饶佐代子,甚至连刺杀情敌的事都能干出来。

前一夜的情景仍历历在目。自己原本就睡不好,这样一来越发被睡魔遗弃。

"没办法,我只好去上野公园雇个伊朗人了。"

伊良部粗线条的神经实在让哲也羡慕。

到公司后,哲也一如往常地用围毯盖住下腹部。无意间抬头看看，发现阿绿正跟其他女职员使眼色。

察觉到哲也的目光，大家一齐岔开视线。

一瞬间，哲也脸上发烫。看来自己已经成了闲话的中心人物。也难怪，最近，他不但尽量不离开座位，就连起身的时候，也是穿好外套扣好纽扣才缓缓站起来。午饭也不跟别人一起吃，都是等大家出去后，才去偷偷买点面包。

莫非持续勃起的事败露了？他敲打电脑键盘的小拇指微微发抖。若是这样，自己可就无地自容了，连公司里都没法待下去了。

索性公开得了？愚蠢！这样才是毕生的耻辱。公司可是很容易产生流言的地方。

部长叫他。他将围毯围在腰上，来到部长办公室。

"你怎么回事啊？刚从苏格兰回来？"

"啊，不，那个……"哲也明白自己是一副奇怪的打扮，语无伦次。

"先不说这个了。明天和后天，你工作能不能脱开身？"

"啊，能。"

"既然这样，邀请零售业者参加的伊豆温泉旅行，你也赶紧陪同去一趟，人员有空缺，你就救个急吧。"

"温泉……"哲也顿时觉得头晕目眩。

"这可是重要的接待任务，不敢交给年轻人。咱们这边的局长也要参加。需要一个你这样的老手。"

"那个，抱歉。我腰疼得厉害……"说着，哲也把手按在腰上，做出龇牙咧嘴的样子。

"哦，那你可太幸运了。听说那儿的温泉对腰疼特别有疗效。你就慢慢地泡在浴池里，跟商场的采购部长们好好谈吧。"

哲也眼前一片发黑。若是以现在的状态去温泉旅行，后果真的不堪设想。光是想想就让人发晕。而且出发时间还是明天早晨，自己一点辙都没有。

哲也走进空闲的会议室，给伊良部打电话。他不假思索就这么做了。他要说明情况。

"你就说感冒了怎么样？需要诊断书的话，我会给你开的。"伊良部还是那种悠然的语气。

"不行啊。上司们肯定会骂'连自己的身体都照顾不好'。"

"要不就说痢疾？日本脑炎也行。"

"那可就上报纸了。到底有没有缓解症状的方法，比如能抑制到半勃起程度的药物之类？"

"没有吧。"话筒那头传来哈欠声，"那你拒绝不就行了？就说不想去。"

"我跟你说，公司这种地方可不是你一句'不想去'就能搞定的。"

"哦，这么严重啊。"

哲也挂断了电话。他觉得跟伊良部这样的人商量很愚蠢。

大腿间又开始疼。为什么自己要倒这种大霉?与其这样,还不如变阳痿好呢。

最终,他什么办法都没想出来,就迎来了次日早晨。当然他一夜没合眼,甚至想到了玩失踪。全国频发的失踪案件中,恐怕有一多半都源自这种荒唐的理由。

哲也忍着疼痛把内裤换成贴身短内裤,又穿了一件游泳用的贴身泳裤。至于那东西该朝上还是朝向一侧,他烦恼了半天,最终选择了朝上。尽管像小袋鼠一样露着头,可除此之外别无办法。哪怕能掩盖一点点也好,他不想让那话儿保持一个别扭的姿势。

乘坐豪华旅游大巴抵达伊豆后,第一个难关是打高尔夫。当着局长的面,他无论如何也说不出腰疼的谎言,因为刚才已经介绍过"我们田口先生打得相当不错"。

"那就切磋切磋,哈哈哈。"那些皮肤光润的男人还亲切地拍拍他的肩膀。

第一洞,他咬着牙打了第一杆。由于用力过猛,球飞进了树林中。打完后下身立刻一阵剧痛。

第二杆则进了沙坑。他猫着腰小跑着穿过果岭后,全身冒出油汗。只是动一下,那个部位就针扎般疼。

第二洞、第三洞,同组的客人逐渐露出困惑的神色。打得像样的只有推杆。他连声说着"抱歉",左右奔走。由于心情无法放松,也没法好好跟对方聊天。

"田口先生,不着急,慢慢打就是。"

"不,还是早点搞定的好。"

别人那么担心,自己竟如此冷淡,他越发焦虑起来。小组内充斥着扫兴的气氛。

哲也的小组在休息地点被局长的小组追赶上来,他的服装也被批评了。

"喂,田口,注意点形象,把衬衫塞进去。"

哲也一直让短袖衬衫耷拉在裤子外面,否则大腿间的隆起就一览无遗。

"现在流行这样。"

"流行?你听着,打高尔夫最重要的是礼节。"

"不,我就这样打。"

局长神色一僵。哲也避开他的眼神,跑向下一个洞。他顾不上局长的脸色了,大脑里只想着快点逃离。

最终的比分输得很惨。一起回来的客人们话都很少,即使在更衣室里,哲也也跟他们保持着距离。这哪儿还算是接待。

"喂,田口,"局长来到一旁小声问,"你怎么回事?怎么不招呼客人?"

"那个,我累了。"

"开什么玩笑。"局长眼梢倒竖,"到旅馆好好表现。在浴池里给他们搓搓背。"

"我有点感冒。"

"不行。你要不好好表现,回去我饶不了你。"

哲也想逃。如果从这儿逃走,后果会如何?就算不被炒鱿鱼,肯定也会受到严厉处分。不管他了。就算这样,也远比在浴池里被人看到那硬邦邦的家伙强。

为什么昨天没有拒绝呢?就算被部长白几眼,也该毅然拒绝才对。正是这种被动的性格把自己逼入绝境。

哲也又由着这种被动的性格,没有逃脱,而是赶到了旅馆。大家解散后各自进入房间,换上浴衣朝大浴场走去。

哲也让同一房间的客人们先走,一个人悄悄地试着披上浴衣。不行,太惹眼了。他放弃浴衣,决定穿自带的牛仔裤,然后用力撕掉了浴衣的袖子。"因为浴衣破了",他试图用这蹩脚的理由搪塞。

接下来的问题就是浴池,自己是断然不能进去的,不能裸露身子。可是怎么办才好呢?

这时内线电话响起来。一接,是局长打的。

"你到底想干什么?赶紧给我来一趟。只有你负责的客人被撂在了那里。吉田和山本都给自己负责的人搓了背。你是不是想让我丢脸?"

哲也用颤抖的声音回答一句"我马上过去"。

这是人生最大的危机。即使小时候在夏令营尿床,都没有这么束手无策。当时哭了一场就过关了。

哲也步履蹒跚地穿过走廊。除了那个部位外，他全身都失去了血色。

他站在电梯前，无意间往旁边一看，发现一个红色报警器按钮。

哲也的心怦怦地狂跳。要不要按下去？如果按下去，就能闯过目前的危机——

有如鬼使神差一般，他的手不由自主地伸过去。等回过神来，他已经打破了塑料罩，正在按按钮。

刺耳的铃声响彻大楼。哲也像被弹飞一样逃离现场，冲下楼梯。他忘记了大腿间的疼痛，大声喊着："着火了——"

他似乎理解了犯罪者的心情：他们都是为了掩盖一个小小的谎言，才犯了大错。

接待旅行搞得一团糟。被警报吓慌的客人赤身裸体地跑到外面，那副中年男人的身躯都暴露在了行人和看客眼前。哲也的一声"着火了"闯了祸。旅馆立刻拨打了一一九，几台消防车和梯车呼啸而来。

旅馆工作人员点头哈腰地向消防员和客人们赔礼道歉，并未寻找元凶。旅馆也推测是客人的恶作剧，并不想把事情闹大。

哲也混在人群里，若无其事地看热闹。他又明白了一种犯罪心理：人为了掩盖自己的罪行，什么都能装得出来。

骚乱平息后，大家重新进入浴室，此时局长已忘记了哲也的事，再没有跟他嚷嚷。哲也一直在房间里抽烟。

延迟了一小时的宴会不温不火地进行着。几杯酒下肚后，气氛热烈起来，接待员娇滴滴的声音在大厅里回荡。

哲也只顾着给自己负责的客人们倒酒。他尽量躲避局长的眼神。人事考核肯定搞砸了，不过无所谓，同大腿间的烦恼相比，一切都微不足道。

他正为二次宴会怎么筹办发愁，客人们却冷冷地说"我们自己随便搞搞就行了"。哲也就顺水推舟，低头赔罪说"请别忘了把账单转交给我们"。

哲也一个人先睡下，躺下来看看大腿间，那"小弟弟"正从内裤里露着头。

居然跑到了这么远的地方。他嘟哝着。

实在不行就去摩洛哥？虽说是玩笑，但他真的连这种念头都有过。

4

对哲也来说，公司彻底变成了一个让人如坐针毡的地方。

大概是有意避免与同事接触的缘故，周围的人也逐渐开始怀疑哲也。同期入职的员工都担心地说"别人都说你不对劲"。阿绿等女职员则开始疏远他，连闲话都不跟他聊了。

哲也每天都心如死灰，过着焦躁的日子。晚上连电视也不开，躺在床上盯着隆起的"小弟弟"，他会产生一种破罐子破摔的念头。他甚至还做了最坏的打算，权当是自己的命吧，这家伙注定要跟自己一起活下去。

到了早晨，他的心情又一次跌到谷底。自己才三十五岁，今后要恋爱、结婚、生子。在这个年龄段，这么规划也毫不为过。可自己竟患上了这种怪病，痛苦不堪。孤独折磨着他，他想大喊出声。

昨夜有一位女性朋友给他打电话，说了一些诸如"最近如何"的话，并没有什么事。

"阿哲，再婚没有啊？"

"一个人多自由啊。我已经结婚结怕了。"哲也嘴硬地说。

"佐代子过得挺好的。"

"啊，是吗？"哲也装作漠不关心的样子。

"听说有孩子了，才怀孕三个月。"

"哦。"

"你听了是不是很烦啊。"

"哪能呢。"

"我下次见到她的时候，你有没有话要捎给她？"

"没有。"

其实他是有的,真想说一句"你这个臭婊子"。当然,他没有说就挂了电话。

想忘记前妻,却偏偏有人提起来,而且她还有了孩子。跟自己在一起时,她总是说"我心思还在工作上呢",可如今……

怎么就没有一个好消息?!

哲也越讨厌去公司,就越离不开跑医院,连休诊日都惦记着伊良部。伊良部的确是个怪男人,不过他的奇怪行为却是自己的救命稻草。难不成傻子或怪人还有治愈效果?他甚至想,实在不行,自己干脆也当一个怪人。

这一天,哲也刚走下医院的楼梯,就听到一对男女的争吵声。声音是从精神科诊室里传出来的。

他来到门前,听出在争吵的男人正是伊良部。双方正在大声对骂。进还是不进?他犹豫起来。

难道伊良部正在跟女患者吵架?有可能。那家伙连自己的命根子都敢突然踢一脚。

一声打碎玻璃的声音传来。哲也慌忙抓住门把手。他不能坐视不管。

哲也打开门,只见伊良部和一个年轻女子正朝着对方扔东西。一样东西忽然飞过来,哲也下意识地避开。回头一看,一支注射器已经撞碎在墙上。

"你这个丑八怪,我非告你骗婚不可。"伊良部大声咆哮。

"你说什么?你这个死变态。我才要告你精神虐待妻子呢。"

哲也看看女人。难不成跟伊良部索要赔偿费的结婚对象就是这一位?两人都吵得面红耳赤。

哲也暂且隔开了两人。"大夫,不要吵架。你冷静点。"

"田口先生,你给我闪开。"

"你是哪根葱?无关人员给我滚开。"

哲也刚被巨汉伊良部甩了一个跟跄,又被女人推了一把,在地板上摔了个四脚朝天。

"我雇兴信所①调查过,你的谎言已经败露了。还号称什么原银行女白领的保姆,其实你就是锦系町的坐台小姐。之前还在龟户做过按摩小姐,对吧。再之前在小岩做小姐,招摇过市。我全都看穿了。亏你还有脸来参加医生的相亲会。"

伊良部的话气得女人嘴唇直哆嗦。再看看这女人,脸上浓妆艳抹,一副风尘女子的打扮,和上次伊良部提供的照片截然不同。

"你放屁。说什么'给你买一大堆衣服',你买的不是女佣衣服就是学校的体操服,全都是这种玩意儿。还想半夜让我穿上,开什么玩笑!还有,什么事都听你妈的。'一郎啊,你戴个腰围子

---

① 日本以复兴信用为主旨,对企业和个人进行调查的侦探所,业务范围包括调查外遇、企业信誉等。

吧，要不肚子会着凉.'然后，一个大老爷们儿就围上了米老鼠的腰围子。没见过你这种蠢货。你这个萝莉控加妈妈控！"

这一次轮到伊良部咬牙切齿，脸上的肉直哆嗦。哲也仍四脚朝天，呆呆地观望着局势的进展。

双方没一个是好东西。他哪一方都不想支持。

"闭嘴，你这个轻佻的女人。伊朗人早就说过了——'轻松搞定哦'。"

"有本事别雇什么伊朗人啊！你这个懦夫，我跟你拼了！"

哲也十分错愕。难道伊良部真的在上野公园雇了伊朗人？

"你的胸里面装的是硅胶吧？你休想欺骗医生的眼睛。"

"既然是医生，有本事先把你自己的包茎给搞定啊。"

"闭上你的臭嘴，你这个爱打呼噜的女人。你肯定是鼻子整形失败了吧？"

"你才闭嘴，你这个狐臭混蛋。你先在腋下夹上瓶除臭剂再说。"

两人终于互扯着头发厮打到一起。

"停、停、停，别打了。停止暴力。"哲也再次插到两人中间。

"女流氓！美国佬！快给我滚！"

"死胖子！矮矬子！快给我钱！"

"冷静点，有话慢慢说。"

哲也无意间看看一旁。那个护士正坐在椅子上翻看杂志。

"护士，快过来帮着拉一下架啊。"

护士懒懒地转过脸来。

"这不挺好的嘛,先让他们打够了再说呗。"护士换了一下跷着的腿,大腿又露了出来。

"这都哪儿跟哪儿啊……"

两个人动手抓对方的脸,连哲也都被挠到了。双方唾沫横飞,粗气直喷到他脸上。

"喂,你们俩都冷静一下。"

哲也被一脚踢开,还挨了一记胳膊肘。

不知为何,他没怎么感觉到疼痛。眼前这一对男女吵得正凶的时候,他却在思考别的事情。

这两个家伙被解放出来了,从理性、社会和人情义理中解放出来了。

他们自由地活着,以人这种动物原本该有的样子活着。

即使自己处于同样的立场,恐怕也不会让感情这样爆发出来,因为自己根本没有发火的能力。

所以,生殖器才会替自己发怒,让感情爆发。

他又琢磨起上次的念头来。自己的病根就在于临阵脱逃。人想活得有模有样,就得有修罗场的经历。

在这一瞬间,正由于自己是从第三者的角度来看,才有了活着的真实感受。

伊良部与女人的厮打持续了大概五分钟。女人撂下一句"我要把这家医院的继承人是个变态狂的事发到网上去",摔门而出。

"我才要把你那些糗事发到网上去呢。"伊良部也毫不示弱,反唇相讥。

哲也为伊良部的脸和胳膊抹上红药水,伊良部慢慢冷静下来。

"那臭女人太过分了。一个坐台小姐还装良家妇女,冲着钱跟我套近乎。"

这还用说吗?要不,像你这样的人能结婚?当然,这话不能说出口。

"田口先生,结婚可一定要慎重。"

"其实我也结过婚,只是三年前离了。"

"哦,是这样啊。"

"妻子出了轨,总之让她给跑掉了。"

"那可够窝火的。你要了很多赔偿费?"

"没,一分也没要。"哲也轻轻摇摇头,"大概是为了维护面子,实际上我很后悔。钱倒无所谓,可是想骂的话却没有骂出来,一直在心里憋着,'你这个臭婊子——'"

"你那位前妻现在在哪里?"

"住在东京,还很近。"

"我们现在就去吧,我跟你去。"

哲也看看伊良部,他跟平常一样一脸悠悠然的表情。

"不,这个时间她应该在公司。"

"那我们就去公司。我会给你帮腔的。"

"别闹了,改天再说吧——"

"不行不行,择日不如撞日。这种事哪能改天办。"

哲也觉得他是在说自己。"那,大夫为什么要……"

"因为田口先生你进来劝架后,我总觉得没骂够。"

哲也听了差点一个趔趄。

"而且,我现在觉得所有的女人都是敌人。"伊良部站起来,"喂,走啊。"

"我说大夫,其他的病号呢?"

"真由美,下午休诊哟。"

"没人会来的。"护士的目光仍落在杂志上,头也没抬。

哲也被伊良部拉着胳膊走出医院。他并没有反抗,大概心底也有这种想法。他想演一出迟到了三年的与前妻的争吵大战,把憋在心里的东西全吐出来。

人就要活得洒脱一些,反正自己的日常生活已经乱成一锅粥了。

在医院后面的停车场,哲也钻进伊良部的保时捷。粗重的引擎声响起。

既然这样,就自暴自弃一次。哲也在副驾驶席上握紧拳头。

抵达佐代子的公司后,二人直奔前台。

"我去给你叫。医生的头衔很好用,我吓唬说附近发生了痢疾。"

哲也真想拜这个男人为师父。

哲也和伊良部在前台等待，心怦怦乱跳。两个人三年没有面对面了，不安的应该是佐代子才对。她一定会惊讶得连嘴都合不上，脸上血色全无。

不久，佐代子出现了。她一看到哲也便啪地仰起脸，停住脚步，过了几秒才走过来，嘴角浮现出平静的微笑。

"我一猜就是你。还什么医院的人，我根本不认识。"

好，开骂。管别人怎么看呢。在公司里开骂，给佐代子造成的损害更大。

"上次，你来过我的公寓吧，阿哲？"

"啊？"哲也无言以对。

"我一眼就发现了。只是丈夫在场，我就装作没发现而已。你一直在公园守望吧，在观察我们。"

被发现了？哲也顿时脸上发烫。

"什么事啊？看到我丈夫在，所以回避了？"

"呃，那个……"哲也语无伦次。

"我也一直在惦记呢。瞧你，上次裕美还给你打过电话。那是我让她打的。我想你也许有什么事，就让她帮忙问一下。"

哲也冒出汗来，不敢直视她的眼睛。

"其实我一直在期待，阿哲是不是要再婚了？他过来是不是为了说这事？"佐代子声音很温柔，"我做了那么对不起你的事，至今仍然很痛心。我一直觉得只有自己一个人幸福是不公平的。当然，我知道你一辈子都不会原谅我,可是如果你再婚的话,至少也能减轻一点我的罪责……"

血色全无的人是哲也,他已经脸色苍白了。

"快说啊,到底是什么事?"

"田口先生,快说啊,臭婊子、臭婊子。"伊良部在哲也的耳旁嘀咕。

"哟,您是哪一位?阿哲的好朋友?"

"啊,不,那个……"哲也越发冒起汗来。

"喂,狠狠地给她来一回。"伊良部教唆着。

"也没什么事。听说你有孩子了,我只是想说一句恭喜。"

"咦?这事你是听裕美说的吧?"

"再见,我以后再也不来找你了。"

哲也转过身来,抓住伊良部的胳膊。

"怎么了,田口先生,不说了?"

哲也拽起瞪大眼睛的伊良部,逃也似的离开了现场。

哲也想哭。他觉得世上再也没有比自己更惨的男人了。干脆一死了之,这样大腿间的事也就解决了。

他已经连气都叹不出来了,恨不得挖个洞,一辈子都躲在里面。

哲也向公司请了一周的假,把自己关进房间里。

医院也不去了,吃饭叫外卖,整天躺在床上。

生殖器一直勃起着。到底有多少天了，他数都不想数。

书也不读，电视也不看，他只是茫然地盯着天花板。

到了第三天，伊良部综合医院打来电话。电话那头并不是伊良部，而是泌尿科的那位年轻医生。

"田口先生，好久不见。您那阴茎强直症现在怎么样了？"

至少还有人惦记着自己，心情稍微好受了一点。

"还没好。"哲也答道。

"那太好了。啊，抱歉，说错话了。其实，我是从大学医院被派到伊良部综合医院的医务室人员，我把您的病历和上次拍的照片拿给大学指导教授看了，教授说很想给您诊治一下，所以，您能不能再到大学医院来一趟？"

哲也答应了。他没有抱太大的期望，但也不想放弃。

砖瓦建筑的大学医院古色古香，年轻医生和教授亲自出迎。教授头发斑白，看上去是个老实人，说不定有办法。哲也对这家医院的期望值提高了一点。

哲也被带进研究室，他躺在诊台上，褪下内裤。

"哦,毫无疑问是阴茎强直症。我从医四十年还是头一次见到。"

教授对年轻的医生们说着。医生们架起了摄像机。

"疼痛感怎样？"教授问哲也。

"一勒就很疼，所以我不穿紧身内裤。"

"能进行性行为吗？"

"这个嘛,自打这样以后,我就没有试过。如果是自慰的话,倒是能行。"

教授仔细地询问一个个问题,哲也一一作答。

这时,房间的门开了,一群身穿白大褂的医学系学生模样的人进来,其中还有好几位女生。

"哦,大家都来了啊。这就是阴茎强直症,一生都难得见上一次的疾病,大家好好看看。"

咦?哲也抬起脸来。学生们都手持病历,一脸严肃地做笔记。其中还有人在拍照。

"教授,可以测量一下吗?"一名学生问。

"啊,是啊。那就量一下吧。"

学生用卷尺量了长度和粗细。哲也很困惑,这到底是怎么回事?

被学生们观察够了之后,哲也被抬下诊台。大家全都离开了房间。

"让您特意过来一趟,辛苦了。"教授递过一个信封,"这是一点车马费。"

哲也感到莫名其妙。"那个,不是诊治吗?"

"啊,诊治是要诊治的……"

"不帮我治一下?"

"也可以采取外科手术的手段,"教授捋着下巴,"但如果是性命攸关的病就另当别论了,你这种病例既罕见,又没有实际害处,所以没有医生甘愿冒风险来执刀。"

"那今天叫我来干什么？"

"就是想让学生看一下，让他们开开眼界。"年轻医生轻轻松松地说道，"田口先生，没事，不久就会痊愈的。"

哲也只觉得全身的血液都冲向了头顶，太阳穴在剧烈抽搐。

"竟然耍我！"他的声音颤抖起来，感情突然爆发，"把别人的病当成杂耍！"

两位医生吓得连连后退。

"以为患者就好欺负！"他大声地吼着，声音大得让自己都越发激动起来。

他随手抄起身旁的凳子。

"别，田口先生，要冷静。"

"闭嘴。你们所有人都拿我当傻瓜。如果以为我永远都会任人摆布，你们就大错特错了。"

哲也举起凳子，摔到墙上。

"你要干什么？"

哲也随即推倒了诊台。诊台碰到架子上，玻璃碎了一地。镊子等器械伴随着刺耳的撞击声散落在地上。

"别砸了，你听我说……"

"闭嘴。不想受伤就滚一边去。"

哲也抬手就砸，抬脚就踢。医疗器械可遭了殃，输液的架子倒了，X光片的看片箱飞到了空中，连电脑也穿过玻璃窗滚落到了院子里。

"喂，快打一一〇。"教授大叫着。

"打、打啊，干脆连机动队也叫来。"

哲也的热血在全身激荡。

哲也被警察拘留了两个晚上。器物损坏罪缓期起诉，其余的问题跟大学医院协商解决。

医疗器械的赔偿额似乎减免了一半。教授也承认了让患者丢丑的错误，双方相互妥协。

保释之际，哲也委托伊良部当担保人。这事不能让父母知道，更不能跟公司那边说，无奈之下才联系了伊良部。

"田口先生，你干得很漂亮。"

迎接他的伊良部依然是那种语气，一看到哲也便咧开嘴露出牙龈。如果伊良部是个女人，哲也真想拥抱他一下。

从警察局出来的时候，哲也大步流星地走着，还蹦蹦跳跳。

因为生殖器已经软下来了。

当时，他从大学医院被带到警察局，走进审讯室。他抑制不住激动的情绪，忽然觉得身体有些异样。

大腿间的不适消失了。他把手伸进裤子，大叫了一声："呀吼——！"

"老实点！"尽管警官一声怒喝，可哲也的表情仍止不住地放松下来，因为他终于从持续勃起中解放出来了。

多亏让感情爆发了，自己的假设还真是歪打正着。

哲也在车里讲述了这些情况，伊良部说："这大概是自我暗示。"

"自己坚信这样做病会好，因此就通过实践把自己治愈了。跟所谓的安慰剂是一个效果。人的身体真是不可思议。"

管它什么原因呢，反正是治好了。

"既然都治好了，就能去丰岛园的水上乐园了吧。"伊良部说。

"大夫，你先听我说，下次医生相亲会一定把我叫上。我也要冒充医生勾引一下女人。"

"嗯，好啊。那我给你做名片。"

哲也看看伊良部的脸，又想拜他为师了。

保时捷的引擎声惬意地敲打在哲也的耳膜上。

接待员

1

"喂,广美,要不去精神科看一下?"

下班后,在咖啡厅里,同一个事务所的接待员厚子小心翼翼地开口。

安川广美不禁抬起头来。

"那个,我不是说广美你有问题,因为这种情况谁都会有。"厚子堆起笑脸,连忙说道,"只是一般的疲劳。拿点药,休息两三周,肯定就会好的。"

"哪有那么简单。"

广美叹息着,把茶杯挪到一旁,手托着腮。

"不试一试怎么能知道效果。解说员佐藤患植物神经失调症的时候不也……"

"两码事。"广美强硬地打断了她。

厚子叹息了一声,沉默下来,衔起柠檬苏打水的吸管。

广美从上月起就身体状况不佳，全身倦怠，夜不能寐，呼吸也困难起来，有时候心口有种钻心的疼。

原因很简单，因为她正被人跟踪。

最初发现被跟踪，是在一次宴会结束后。当时有点晚了，她正醉醺醺地在回家的末班电车里摇来摇去。

没拿到出租车票①，因为她遭到了有家室的代理商的纠缠，是从代理店逃出来的。

那个色鬼老板，居然敢搂我的腰！广美正抓着吊环在心里咒骂，忽然感到斜后方投来一缕目光。

她不由得回头看去，没发现有人在盯着她。

也许是自己想多了。她转过身去，但过了几秒，再次感受到了那种目光。

这一次她悄悄地扭了一下头。车内并没有异样，只有那些没精打采的上班族面无表情地望着前方。可一会儿，她又感到有什么人的眼神投在自己身上。

她习惯了被别人注视，以前当过跑车车模，容貌和姿势都让男人流连忘返。

可是那一夜的视线性质却不同。那是一种纠缠不休的充满欲望的眼神。

---

①在日本，乘坐出租车时可以代替现金支付的乘车券。

她害怕起来。此前也多次被"御宅族"尾随过。那些喜欢摄影的小子们天真地以为接待员的笑容是奉献给自己的。

从车站下车后,广美一路小跑回了家。

她冲进公寓,从窗帘的缝隙中偷偷俯视外面。路上没有一个人,她这才放下心来。

过了两三天,她再次感受到有什么人的视线盯着自己。这次已不分昼夜,无论回家还是去外面,总感到那视线不知从哪里冒出来。

广美很害怕,就找厚子商量。厚子像自己的事一样担心,还劝她去报警。在厚子的陪伴下,她走进了警察局的大门。

跟踪狂对策部的女警询问对方的外貌特征,她回答说"不知道",因为对方从来不露面。

"在出门的一瞬间,我就感到有视线盯着我。"

"一直从暗处盯着我。"

这样哭诉了半个多小时,女警和厚子都一脸困惑。女警说了句"等你目击到对方后再来吧",然后就消失在了里屋,厚子也陷入沉思。

广美知道警方无法相信自己,眼前变得一片昏暗。

后来,广美也反复把情况告诉厚子,厚子只是敷衍地点点头,没有半点相信的样子,反倒担心起广美的健康状况。

厚子似乎觉得自己脑子出了问题。这还算是好朋友吗,广美很生气。

她心里越发没底,连饭都咽不下了。体重也减少了三公斤多。当然,她并没有减肥成功的喜悦。

"总之,先让人家开点精神安定剂再说吧,至少服下后能睡得着觉。"厚子说。

广美并没有回答她。

"你先治好身体吧。"

这些她都明白。只是去了精神科,就等于承认自己精神异常,她不想去。

与厚子分手后,广美乘上了电车。她又感到了某人的视线。

变态狂!肯定是那些懦弱的"御宅族",以为能攀得上本姑娘?这种情况持续一个多月后,她甚至生出一种想大喊大叫的冲动。

广美抑制着焦虑的心情,望着窗外。

"伊良部综合医院"的牌子无意间映入眼帘。那是一座清清爽爽的白墙建筑。

既然是一家综合医院,肯定有精神科,也许比专业医院更容易进吧。她呆呆地想。或许值得考虑一晚上。若是有能让人睡觉的药,她真心想要。

广美抓着吊环,深深地叹了一口气。

伊良部综合医院的精神科在地下一间诊室里。

早晨照镜子的时候,广美发现自己皮肤干燥、毫无光泽,才终于下了决心。照此下去,都会给工作带来影响。容貌可是广美的安身立命之本。

"欢迎光临。"

一敲门,里面便传来一个尖锐的声音。

广美说了一句"打扰",走进屋里。一个貌似医生的中年胖男人正倚在单人沙发上。

讨厌!广美口中嘟哝着。竟是个最让人讨厌的白胖子,蓬乱的头发上还挂着一层头皮屑,脚穿拖鞋,胸前的名牌上写着"医学博士 伊良部一郎"。

"我已经听预诊那边说了。你叫安川广美吧?据说是晚上睡不着?"

医生一咧嘴,露出牙龈来。

广美不敢直视他,垂下头,在椅子上坐下。

"二十四岁,职业是艺人兼模特。具体是干什么工作的?"

"做电视助理或者杂志的模特。"

事实上,她大部分工作是各种文娱活动的接待员,不过,上面说的工作她以前也干过。

"你好厉害啊。下次出演时一定要告诉我,我也要看看。呵呵呵。"

对方发出一阵瘆人的笑声。广美只觉得脊梁骨一阵发凉。

"那，先打个针吧。"

"啊？"广美皱起眉。

"打针。安定情绪的，先给你打一针。"

"……您难道就不问问症状吗？"

"打完之后再问。喂，真由美。"

伊良部喊着护士。护士立刻做好注射准备，广美把左臂放在注射台上。

名叫真由美的护士手拿注射器弯下腰，大腿从开衩的白大褂里露出来。两人目光相碰，护士还挑衅般微微一笑。

想跟我抢风头？虽说还挺可爱，可终归是一介女护士。

广美忽然感到一旁有动静。一回头，只见伊良部正张着鼻孔，兴奋地望着自己扎针的胳膊。

这破医院是什么玩意儿啊！广美觉得很恶心。

打完针，再次与伊良部相对而坐，她觉得两人之间的距离比刚才缩短了。

她后悔穿了迷你裙，不禁紧紧并拢双腿，用手压着裙摆。

"广美小姐，你当然是单身了，对吧？"伊良部高兴地问。

"啊，对。"广美一面回答一面起鸡皮疙瘩。他叫我广美？

"我也是单身，呃呵呵。"

伊良部挠挠头，头皮屑簌簌飘落下来。广美不禁往后退。

"我是这家医院的继承人，开的是保时捷，B型血，天秤座。"

那又能怎么样？作自我介绍是什么意思？

"年龄是三十五岁，不过看起来没这么大。看着很年轻吧。"

糊弄谁呢？你看起来都有四十五了。

"那个，看病的事……"广美拘谨地开口说。

"啊，对啊。我只是姑且问问。"伊良部终于转向桌子上的病历，"广美姑娘，你为什么失眠？"

这次又变成了广美姑娘。广美都想哭了。

她打起精神，讲述了身体不适的原因，诸如感觉被人尾随啦、警察不理睬啦、朋友以为是心理作用啦。

尽管不情愿，但也没办法。她觉得最好还是跟医生说实话，便说明了来龙去脉。

"那可不得了。毕竟这世上有些人很变态的。"

没错，就是像你这样的家伙！

"要不雇个保镖怎么样？"

咦？伊良部相信自己？广美涌上一点安心之感。

"不过，我哪有钱啊。"

"我做也行啊，免费的。呃呵呵。"

广美泄了气，当然敬谢不敏。她伸手去拿包，想赶紧溜走。

"改变形象也是一种办法。"伊良部摸着双下巴说道，"因为对方会在大脑中肆意强化广美姑娘的印象，因此，我们只要把它毁掉就行了。"

广美的手停了下来。

"有这样一个故事。有位好莱坞的女演员被跟踪狂跟踪,有一次,跟踪狂都跟到了家里,可女演员并不知情,没化妆穿着拖鞋就走出玄关,结果跟踪狂觉得女演员比想象的又矮又老,狂热顿时降温,乖乖地回去了。"

广美再次把手放到了膝盖上。

"总之,那个跟踪狂只是对银幕上脚穿高跟鞋、妆化得水灵灵的女演员怀有妄想,因此,看见真人后就失望了。广美姑娘也可以尝试一下素颜外出。"

广美对伊良部有点刮目相看。看来他也不像个糊涂蛋。

"或者早上穿着破旧的牛仔裤去倒垃圾,让对方看到你呼哧呼哧挠屁股的情形。"

"这类行为,也许我还能做到。"

广美觉得看到了一线光明。对啊,只要让对方幻灭就行了。

"干脆叼着香烟挠大腿也行。"

这个她还是很讨厌的。不过,办法已经找到了。

"那,这段时间一定要定期来医院。我要给你打针调整身体状况。"

伊良部又咧开嘴露出牙龈。

来这儿?虽然有所顾虑,她还是点点头,应了一声"是"。

尽管是个阴阳怪气的男人,不过比独自闷闷不乐强多了。广美劝说着自己。就说现在,心情比昨天轻松一点了。也许找人倾诉真有减轻烦恼的效果。

广美离开诊室的时候,伊良部还送到了走廊。

"广美姑娘,你现在要去上班吗?要不要我用保时捷送你一程?呃呵呵。"他一副色迷迷的眼神。

尽管表情僵硬,可广美还是努力笑着拒绝了。

不就是保时捷吗,有什么了不起的?她在心里咒骂。什么奔驰啦、法拉利啦,几乎所有的高级车本姑娘都坐过。

来到外面,她又感到了那种视线。狗娘养的,这群御宅族。

广美确认周围并没有帅哥后,往沥青路上吐了口痰。

迎面走来的一位主妇吓了一跳,错愕地看着广美。

我这么做是有原因的、有理由的——广美几乎冲口而出。

2

第二天的工作是参加在国际会展中心举行的游戏展,在签约厂商的展区分发宣传册,介绍商品。当然,还要当让顾客拍照的模特儿。派发的服装是迷你款的深红色连衣裙,胸前裸露的部分可以用拉链调整高低。

这天早晨,广美以往常的化妆和服饰出了门。一身迷你裙配高跟鞋，外加低胸的针织衫。她本想遵从伊良部的提议，可照镜子时改变了主意，因为广告代理商的负责人中也许会有帅气的年轻职员。如果真是这样，素颜和土气的服饰绝对会让自己后悔。

谁也不知道机遇会降临在何处。因为工作结束后，被邀请吃饭的机会也不少。

但出门的时候，她却抠了抠鼻子。她早就察觉到了人的动静，便瞪着眼往四周看了一圈，专注地抠了十多秒鼻孔。

展会盛况空前。广美最讨厌的白胖子成群结队地前来。

当然，不需要把感情表露在脸上。她站在商品的一旁，向来客们抛洒着笑容。她穿了塑身内衣，挺胸抬头的姿势自然更美妙。这是她的职业习惯。即使在等信号灯的时候，她有时也会摆出模特站姿来。

"喂，广美。"厚子凑过来，压低声音说道，"中央电视频道的《TOMORROW》节目组来了。"

"真的假的？"

广美心跳加速。中央电视频道的《TOMORROW》可是高收视率的深夜新闻栏目。

"还有，《宝物》也来了。"

《宝物》是男生中最有人气的偶像写真杂志。

演出活动马上就要开始，到时候肯定会有一大批媒体前来。

广美装作补充宣传册的样子走到展位后面，检查一下自己的妆容。妆化得比平常要差,她不禁咂舌。没办法,她只好把胸部的拉链往下拉了三厘米。

回到指定位置后,摄影小子们比媒体抢先一步,占领了舞台前面的位置。

滚开,你们这些御宅族。本姑娘的乳沟可不是为你们展示的——广美一面露出洁白的牙齿,一面在心里咒骂。但这并非出自真心。她从小就喜欢被人拍照。

大概是拉链的效果吧,摄影小子们一齐把镜头对准广美。

镁光灯闪烁不停,快门声不绝于耳。

被人看的快感在心中激荡。广美从高处俯视着这些男人,摆着姿势。她往前伸出一只脚,露出大腿。

喏,再让你们拍个裙底走光的。反正你们今晚也会把我当成意淫对象。

广美觉得支配了一切,快感越发高涨。

不久,相机的镜头转向了旁边。无意间一看,只见同一事务所的十九岁的艾米丽正一脸得意地沐浴在镁光灯中。

你算什么东西,连走红的指望都没有,居然还取个艺名。你的胸围是靠胶带挤出来的吧。

广美弯一弯腰,把手交叉在胸前,突出乳沟,顺便噘起嘴唇。这可是她的杀手锏。

效果立竿见影,她再次独霸了相机的镜头。

胜出是理所当然的，跟做兼职的短期大学学生就是档次不同，自己已经打拼了五年，知道该如何展示自我。

期待已久的媒体来了。首先是《宝物》杂志。

工作人员让御宅族们挪到一边。派发宣传册的接待员们则有意无意地往舞台附近靠。大家都在等待被点名的机会。

满脸胡子的摄影师挨个看着接待员们。短暂的沉默过后——

"那个，你，跟你，还有你。"摄影师用手指点着，"你们排到那边去。"

广美位列其中。她略微放下心来，心头还涌上一股优越感。还算你有眼力——她用嘴角朝摄影师送上微笑，不偏不倚地占据着中央位置。

厚子并没有被点到。广美只能为她感到惋惜。厚子肯定会成为一个平凡的主妇，她性格虽好，身上却没有光彩。

"好，笑一笑——"

在摄影师的要求下，广美展露着引以为傲的洁白牙齿。镁光灯亮起。三年前，她曾跟一名牙医谈恋爱，让人家免费做了牙齿矫正。刚做完她就逃了，一点愧疚都没有。因为对方也享受了她的年轻貌美，她甚至觉得是让对方赚了便宜。

广美主动变换着姿势，展示着乳沟。摄影师们活跃起来，快门声越发忙碌。

摄影一结束，记者随即涌上来。

"能不能透露一下您的名字、年龄,还有三围?"记者轻松地问。

广美把年龄瞒了两岁,把胸围和臀围多说了些,腰围则少说了一点。

"什么时候刊登呢?一定要特写一下哦。"广美发出甜美的声音,摇着记者的胳膊。

记者害羞了。不过,广美却在心里念叨:如果是像垃圾一样用来填补版面空白的照片,我绝对饶不了你。

这时,一旁开始拍照了。广美不知怎么回事,回过头去。只见艾米丽正独享着镁光灯。

难以置信,她那种人不就是年轻点吗?

广美走到厚子旁边,低声咬耳朵:"那女孩怎么抢了先?"

"管她呢,广美,反正你已经被拍了。"厚子噘着嘴。

"那个摄影师肯定是萝莉控!"

愤怒咕嘟咕嘟地涌上来。若是那小姑娘一个人拍,照片肯定会被采用的。开什么玩笑,在这群人当中,明明自己才是最好的。

因此,当《TOMORROW》的摄制组来的时候,广美把胸部的拉链又往下拉了两厘米。

活动渐入佳境。照明变暗,在节奏劲爆的背景音乐当中,广美晃着胸部,跳着劲舞。

她一面跳一面朝摄影师暗送秋波。扛摄像机的男人果然被迷住,来到舞台下面,用仰角来了个全方位的立体拍摄,仿佛舔遍全身一样将她拍了个够。

当镜头来到正面的时候,广美朝他飞了个媚眼。搞定!

厚子趁着混乱凑上来。镜头被拉长,拍起了两个人。

算了。这么好的姐妹,就分你一点吧。

两个、三个,越来越多的接待员朝广美围过来。镜头越拉越长。

喂,等一下,你们脸皮怎么这么厚?现在拍的可是我呢!

一个接待员忽然探出身子,冲着镜头抛了个飞吻。

镜头立刻变焦,给了一个特写。这算什么啊。最美好的一刻竟被别的女人给……

不知不觉间,大家进入了一种像挤香油一样挨挨挤挤的状态。

广美被迫从中心挤了出来。多么卑鄙的女人们!

绝不能认输。她做了个深呼吸,握紧拳头,将胸部的拉链又拉低了一厘米,钻进那群女人当中。

无意间往台下一看,一位广告公司的中年男职员正大张着嘴,看得目瞪口呆。

除了有钱人之外,别人爱怎么想怎么想,跟广美毫无关系。

震耳欲聋的背景音乐冲击着耳膜,五彩缤纷的灯光照着这群女人。

回到单间公寓时已是十一点多。广美冲了个淋浴,在电视前坐下来。她想看一下今天展会的放映情况。

当然，录像机也设好了。哪怕是只有自己一个镜头的节目，她也录下来保存。

她盘腿坐在地板上，一面擦着头发，一面看电视，不时抓一把薯片塞到嘴里。没想到今天的客户如此吝啬，只在休息室准备了比萨外卖就把人打发了，而且数量也不够，还让去酒店的餐厅叫外卖。接待员们都很不满。

《TOMORROW》开始播放，第一个单元就报道了游戏展。

她上镜了，不过只有短短的三秒钟，战果并不令人满意。果然，抛飞吻的女人有一个特写镜头。

这种货色——广美伸出腿，叹口气。只要不是采访，上镜时间几秒钟最合适。

她喝了一口瓶装的果汁，用发刷梳梳头。头发长了打理起来很麻烦，却怎么也下不了决心剪掉。她甩了一下披肩发，这个动作让她在吸引男人方面尝足了甜头。

她停下梳头的手，把频道换到了《Beautiful》上，这是一档有很多年轻女孩出镜的深夜综艺节目。

广美当前的目标就是上这档节目。如果成了正式演员，她会作为一名"Beauty girl"一夜成名。

她在画面深处看到了一张似曾相识的面孔——一个曾一起做过车模的女人。

为什么这个女人……她脸上发烫。

这女人什么时候上的节目？她根本算不上美女。

电视里，那个女人身穿迷你裙，跷着腿。当主持人问起性爱方面的话题时，她还故作媚态，娇滴滴地回答"人家不知道嘛"。

装什么纯洁？从前跟赛车界的人打得比谁都火热。上这个节目的机会也肯定是跟赞助商睡过才拿到的。

广美大脑充血，嘴唇发抖。她不想看，就关了电视机。

她趴在床上，把脸埋在枕头里。

二十四岁了啊……她在口中念叨。

就算能浑水摸鱼混日子，离真正成为一名艺人也有很大差距。

好想出名，好想在大舞台上独占聚光灯。

这一天真的能降临吗？一阵焦躁感涌上喉头。

要不就惊天逆转一次，来个全裸出镜？可是，她对自己乳头的形状又没自信……

看来今夜也睡不好了。

"即使服药也睡不着。"

今天，伊良部的头发打了发胶。看来是理了发，没有上次脏兮兮的感觉，白大褂也很笔挺。

"啊，那是因为药力轻，今天就给你开稍微重点的。"

再看看他的脚，这次穿的已不是拖鞋，而是菲拉格慕的鞋子。还有强烈的香水味扑鼻而来。广美被呛得差点喘不过气，她拼命忍着。

"来、来，先打个针。"

广美又被打了针。护士真由美把胸部的纽扣解开了三个。

跟我抢风头？广美差点也动手解开扣子。

"广美姑娘，你真像个女演员。"

回到椅子上，伊良部高兴地咧着嘴，从上到下打量着广美。

"啊，不。"虽然自己也这么认为，她还是摇摇头。

"试过不化妆出门了？"

"还没有。"

今天也一样，她不化妆就没法出门，身上穿的也是迷你裙。

下午大代理店要开一个关于下次工作的会议。其他接待员肯定都是盛装打扮，自己岂能素面朝天穿便装出席。

"依然是每天被人尾随？"

"没错。从早晨出门的那一瞬间开始。"

今早她不仅在路边吐了痰，还把垃圾场的一个纸箱子踢飞了。尽管斜对面香烟店的老女人直皱眉，可是，管她呢。

"广美姑娘，你真是个大美女。那种想跟踪你的心情，你恐怕也明白。"

喂，明白个鬼啊。她差点都喊了出来。

"就像蝴蝶都喜欢美丽的花朵一样。"

这一点她能理解。可问题是，连蛾子都来了。

"那个，我觉得最好的办法还是请个保镖。"伊良部探出身子，下巴的赘肉直晃悠，"我决定，先给你当一段时间的保镖。"

"啊？"广美怀疑自己的耳朵听错了。

"所以，我会一直跟在广美姑娘身旁的。"

这家伙真的是医生吗？广美无言以对。

"我会用保时捷接送你的。呃呵呵。"

伊良部恶心地笑了笑。广美背上直起鸡皮疙瘩。

"……不，不用。"广美好歹回答一句。

"不用客气。"

"不是客气。"广美很生气，不由得强硬地说道。

"啊，那太遗憾了。"伊良部像个孩子似的噘起嘴。

你能不能敲打这男人两句？广美看看护士，结果那个叫真由美的女人依然横卧在一角的诊台上，翻看着杂志。

广美头疼起来。跟这些人相比，自己还真是个正经人。

"对了，那个跟踪狂是独自一人吗？"伊良部问。

这个问题让广美有点措手不及，她从未考虑过这种事。

"因为不分昼夜，你走到哪儿对方就跟到哪儿，这从物理学的角度来说是很难实现的，因此，说不定有好几个人。"

有可能。毕竟自己貌美如花，有多少男人怀有妄想都很正常，限定为一个人反倒不自然。

"也许是。"广美心中充满不安，"大夫，那怎么办？"

"以前我不是跟你说过嘛,改变形象啊。比如剪掉头发之类。那个,短发我也挺喜欢。呃呵呵。"

伊良部扭着身子说。广美深深地叹口气。

"广美姑娘,肯定跟你很搭的。"

广美不想剪头发,连化妆和服饰都不愿意改变。对她来说,这就像让武士舍弃刀剑一样。

"要不,就索性到一个跟踪狂的手伸不到的地方去。"

"你是说……要我把家搬得远一点?"

"不,是上升到一个更高的高度。现在正追赶广美姑娘的跟踪狂们肯定觉得'说不定我能得到她呢'。你看,广美姑娘,你虽然外表华丽,可还是有一种平民的气质。"

广美心头火起:我有平民的气质?开什么玩笑,从短期大学时代起,我就一直是"高不可攀的女人"。

"因此才让跟踪狂产生了一种非分的期待。你要更加提高门槛,让自己变成高不可攀的鲜花,让他们彻底死心,'啊,自己已经够不到她了'。这也不失为一个好办法。"

伊良部悠悠然地说着。

"自古以来,最容易遭受跟踪狂侵害的就是偶像吧?她们可以饰演任何一个层次的女孩,因此很有人气。反之,一旦成了超模,男人们便只可远观而不可亵玩了。"

的确有道理。原来自己还是太幼稚了。必须让那些野男人觉得绝对配不上自己。今后要提高跨栏的高度才行。

好，一定要做一个更华丽的女人，更加磨砺自己。

伊良部也算是说了点人话。大概是心理作用吧，广美对他那张难看的面孔似乎也习惯一点了。

"对了，午饭你怎么吃？要不就在银座吃点寿司之类的？"

一个人实在闷得难受，但还是不行。广美用冰冷的表情回绝了他，准备回去。

"那么，广美姑娘，这个给你。"

说着，伊良部从屏风后面取出一束鲜花。是一束绚烂的玫瑰！至少得花好几万日元吧。到底是医生，就是有钱。

广美的大脑里忽然一亮。

"哇，太棒了。"她故意夸张地做出一副吃惊的样子，"不过，大夫，比起鲜花来，我觉得还是普拉达的包包更适合我。"接着，她半开玩笑地做出最拿手的媚态。

伊良部的脸上泛起一阵红晕。"嗯，好的，普拉达对吧？"

"真的？"广美手舞足蹈。居然这么简单！

"明天我给你准备一个。呃呵呵。"

太棒了！没想到看病的过程中还把随身物品升级了。

她真想亲伊良部的脸一口，可看到他一层油汗的皮肤，不由得放弃了这个念头。

傍晚,开完工作会议,广美跟厚子一起喝茶。她把跟踪者似乎有好几个的事情告诉了厚子。

"喂,你没事吧?"厚子皱着眉,"你不是都看过精神科了吗?"

"就是精神科的医生说的啊。医生说如果只是一个人的话,从物理学上很难成立,因此是好几个人的可能性更大。而且我也深有同感。"

"那医生好奇怪哟。你最好换一个。广美,你怎么轻易就相信了呢,是不是心理作用在作怪?"

"你怎么老把我当病人看。"广美噘起嘴。

"最近你好奇怪哦,今天也是,你居然还在走廊里吐痰。"

"瞎扯。你看见了?"

"看见了啊。我还看见你摆出一副螃蟹腿的样子挠屁股呢。"

"那是为了让跟踪狂死心,让他们放弃痴心妄想。"

"你在休息室里喊男客户'你这样的'又是怎么回事?"

"谁让他们直勾勾地盯着我,又不是正式员工,合同工就得搞清自己的身份。"

"难以置信。"厚子惊奇地睁大了眼睛。

"我也是没办法,毕竟我才是受害者。"

"作为最好的朋友,你能不能听我说两句?广美,我觉得你的自我意识有点太强了。"

"什么,自我意识太强?"

"这是事实啊。其实，别人对你的关心并没有你自己想象的那么多。"

"你真过分，厚子，你是不是对我怀有偏见，就因为我太惹眼了？"

"我怎么能对你有偏见呢？"

两个人争论了一阵子。由于太激动，连女服务生都过来提醒声音小点。那个丑女人一提醒，广美更生气了。

她只把自己的账单结了，独自离开咖啡厅。她又感觉到了身后的视线。

"哼，癞蛤蟆想吃天鹅肉！"广美不由得说出声来。

一个路过的中年男子忽然啪的一下停住，望着广美直流口水。广美把头发一甩，扬长而去。

怎么所有人都变态?！愤怒逐渐涌上心头。

就连厚子都怀疑起我来，岂有此理。还是伊良部能理解我。

她狠狠地踢了一脚电线杆，结果把高跟鞋的鞋跟踢折了。

3

这一天，广美给婚介所当托儿。她身穿粉红色西服套装，提着刚刚让伊良部贡献的普拉达包，来到银座的酒店。

这家婚介所是在所有杂志上都打广告的著名会所。如果总是介绍丑女人，男顾客会有意见，因此，他们经常雇一些接待员来做托儿，进行相亲活动。大半婚介所都玩这种把戏。当然，广美被对方看中，婚介所也会以适当理由帮她拒绝。

只是吃顿饭，两小时就赚两万日元。文娱活动的工作虽然光鲜，出场费却很低，因此这是广美珍贵的收入来源。

她先在前厅跟婚介所的女人碰头。

"那个，安川小姐，你这身打扮有点太花哨了。"

"是吗？"

广美若无其事地回答，女人有些不满。

"你今天扮演的可是电气工程公司的会计啊。"

广美没有回答。庸俗的打扮能在这一流酒店的门厅走动吗？

"那好吧。总之我先把名字给你改了，千万不要弄错了。铃木广美，二十四岁，出生于东京，与父母同住。毕业于短期大学的家政学科，在目前的公司供职。兴趣是看电影和制作点心。"

上次的爱好是"读书和刺绣"。广美每次都想笑。

"还有，对方是……"介绍人翻着文件，"太田实，出生于东京，三十岁。身高一米七，体重七十公斤。多摩高专毕业，就职于土木工程公司……"

女人的说明在继续。对方的年收入是四百五十万日元。广美生起气来，这么点钱能生活吗？搁在自己身上，男方收入低于一千万，打死也不嫁。

"就这些，记住，千万不要露出破绽。"女人最后叮嘱了一句。

"知道了。"广美礼貌地回复了一句。

广美在女人的引导下进入餐厅。反正就坚持两小时，只要赔着笑脸，随声附和几句就行了。

窗边的桌子旁坐着一个中年男人，身穿藏青色西服，打着红领带，一张难看的扁脸。看到广美后，他努力睁大那一对小眼睛。

吓着了吧？没想到会遇见这么漂亮的女人？广美心中忍不住窃笑。

男人两眼发直，脸上发红。

女人给双方介绍了一下。男人站起来，个头比穿高跟鞋的广美矮很多。哪里有一米七。而且还是个胖子，体重起码有八十公斤。

"名字嘛，就直呼其名吧。这样显得亲切。嘿嘿。"

女人介绍完毕后离去。法国大餐的冷盘摆到了桌子上。

"广美小姐，经常吃法国菜吗？其实，我这人一吃法国菜就肩膀发硬。"男人夸张地说道。

"哎，我也是。"广美低着头回答。

"那，下一次我们去酒馆吧。"男人十分高兴，表情也放松下来。

会有下一次吗？二十五万的入会费和见一次面三万的介绍费，你就等着被坑死吧。

"不过，像广美小姐这么漂亮的人，找结婚对象也很难吧？"

有这种可能吗？神经病！

"我们公司净是些已婚者。"广美温顺地说道。

"是吧。没人约会成了我们最大的问题。我们公司的女文员也都是兼职的大妈。"

我看你的问题肯定不在这里，比如该减减肥了。

在心中咒骂是广美忘却时间的唯一的手段。做这种工作，她从未觉得饭菜好吃过，虽然都是高档菜，真是浪费。

旁边的桌子来了一对年轻的情侣。广美无意间瞥了一眼。男方又高又帅，女方的相貌还算说得过去。二人朝广美这边瞥了一眼。

跟眼前这个不起眼的男人在一起，可真丢人。他仍在咕唧咕唧地大声吃着美食。

"广美小姐，以前跟几个会员见过面？"而且他的说话声还很大。

"那个……"广美思忖了一下，回答说，"今天是头一次。"

"我都第四次了，不过也没见上几个好的。我就跟婚介所提意见，结果他们介绍了广美小姐。"

广美知道邻桌肯定在若无其事地竖起耳朵听。她低下头，眉头紧皱。

"不过，我绝不是说恭维的话，广美小姐，你真的还算可以吧。"

广美火了。你会不会说人话？丑男人，自己也不撒泡尿照照！

邻桌的情侣互相递了个眼色，偷偷笑了。羞辱和愤怒让广美脸上直发烫。

这个世界真会开玩笑。自己的美貌竟要浪费在这种下贱的兼职上。本来这里所有的人连跟我说话的机会都没有。

"身材也不错。"

"够啦！"

男人拿叉子的手停了下来，旁边桌上的人也一样。

广美一愣。是自己说的？她脸上顿时没了血色。

"那个、这个、嗯……"广美支吾起来，额头直冒汗，"这儿的菜，我觉得全都很辣，就不由得抱怨，呃呵呵。"

总算搪塞了过去，男人尽管有些困惑，也只好赔笑。

吃完饭后，两人来到中庭。要是人家跟婚介所索赔就不好了，想到这里，广美决定举止端庄一些。

"广美小姐，你想要几个孩子？"

男人一面欣赏着日式庭园的鲤鱼池一面问。

"那个，差不多两个吧。"她羞答答地回答。

"那跟我想到一块儿去了。我们的性格还真合得来。"

扯淡！信不信我现在就把你从桥上推下去？

"结婚之后，工作怎么办？"

"我嘛，随便怎样都行。"

"我希望你能辞职，好好地守护家庭。"

年收入才四百五十万日元，就敢说这种大话？不过广美已经无力愤怒了。这种男人怎么就认不清自己的身份呢?

熬完了拷问般的两小时,她终于离开了酒店。

"我真是不幸。"广美独自走在银座的大街上,自言自语。

在红灯前停下来的时候,她感到后背上有视线。这次是新的视线,像一股妖气跟在身后。她觉得是刚才相亲的男人。

她回过头巡视一下四周,并没有人影,但是她确信又多了一个跟踪者。

她真想揪头发。早知道这样,就该毫不客气地把对方臭骂一顿。

广美把手提包搭在肩上,大步走过路口。

"哦,又增加一个?广美姑娘,因为你富有魅力,所以无论如何都避免不了。"

伊良部勉强跷起短腿,眉毛拧成一个八字。

至少还有一个能理解自己的人,这让广美有些宽慰。

给厚子打电话,竟被对方冷冷地说了句"我可跟你做不了朋友"。能认真倾听自己说话的,就只有眼前的医生了。伊良部的好感度排名在广美心中不断上升。以前是"不想拥抱的男人头一名",如今变成了第二名。

"跟踪狂都有关系妄想症,最初起源于逃避现实。他们对自己所处的境遇并不满意,并归咎于社会和其他人,通过这种方式使自己的行为正当化。因此,他们是完全没有犯罪意识的。"

一点不错，真想让跟踪狂们听听这番话。

"总之，你只需要有一面属于自己的镜子就行了。你要坚信镜子里的自己很棒，对异性充满魅力，别人都在用同样的眼光审视着你。"

说得好！广美觉得很畅快。

"所以，不怀疑自己，也算是自我意识过强吧。"

咦？这话好像听谁说过……算了，总之自己是受害者。

"大夫，那我该怎么办好呢？大概是习惯了吧，恐惧心理有所减轻，却每天都过得很郁闷，郁闷极了。"

广美倾诉着。她心里积攒了太多的焦虑。

"既然不想改变形象，也无法立刻搬到他们够不到的地方……"伊良部摸着下巴做出思索状，"也可以将跟踪狂们的注意力引到另一个人身上去。"

"另一个人？"

"偶像的搭档都不受粉丝们待见，对吧。出现恋爱镜头时，收到剃刀的往往不是偶像本人，而是演对手戏的那个，对不对？因为粉丝不允许他们跟自己的偶像接吻。要不广美姑娘也去试一下？"

"也就是说，我去跟某人约会，故意让跟踪狂们看到？"

"对。你可以夜间在台场或其他地方与帅哥火热接吻，让跟踪者们亲眼看到。他们一定会忌妒得发疯，接着就会去跟踪那个男人了。"

广美不由得探出身子，不住地点头。

似乎值得一试。大家全都迷恋我，不可能冷静下来。伊良部的等级又到了第三位。

广美并不觉得这是一种卑劣的手段。毕竟自己才是最重要的。

那么，让谁承担这一重任呢？家里开弹子球店、上了八年大学的阿由？还是拖家带口的房地产商阿杉？还是作家兼都议员的山下？一个电话就能跑过来的男人有的是。幸亏自己在社会上混过，艺不压身。

广美正在东想西想，只听伊良部说了一句"广美姑娘，我看就由我来做吧"。

"啊？"

"我家防范措施很到位，没危险，只要是为了广美姑娘，我什么都能做。呃呵呵。"伊良部扭动着身子。

"不，大夫，这怎么行。"她慌忙摇头——一辈子也轮不到你啊。

"不用这么客气，广美姑娘。"

伊良部嗲声嗲气地伸出手来。啊？手被他捏住了。

"大夫，住手，你要干什么？"

她想向护士求救，可护士却对这边理都不理。

"我好像喜欢上广美姑娘了。"

伊良部站起来，张着鼻孔逼近广美。不是开玩笑，这个变态医生！

"不要。"广美往后退,"别太过分!"她懒得用手去碰伊良部,索性用脚拦住他,一脚踢了出去。

伊良部一个趔趄,在沙发上摔了个四脚朝天,又随着沙发一起往后仰在地上。

咣的一声,清脆的声音在房间里响起。伊良部的头似乎撞到了地板上。

"呜呜呜……"伊良部呻吟着。低头一看,他竟像个孩子似的哭起了鼻子。

"谁让大夫做出奇怪举动来着?"广美用抗议的口吻说。

"抱歉,我再也不敢了。"伊良部噘着嘴,"我这人就这样,想起一出就干一出,这是我的原则。"

什么狗屁原则!

"不过,刚才我看到广美姑娘的内裤了。"伊良部一面流着泪,一面露出笑脸。

这家伙的性格真让人琢磨不透,真是天下少见的怪人。他到底是怎么长大的?广美在凳子上坐下,深深地叹一口气。

伊良部站起来,一面揉着后脑勺,一面露出牙龈笑着说:"起了一个大包。"

广美无意间瞥了伊良部一眼,这才发现,他今天解开了白大褂的扣子,穿在里面的西装看上去颇为高档。大概是察觉到广美的视线了,伊良部像个炫耀玩具的孩子似的,展示着内侧的标签说:"这个,是爱马仕的。"

这么说来,伊良部上次穿的好像是巴宝莉的毛衣,再上次则是菲拉格慕的鞋子。

伊良部的装扮不断升级。第一次来看诊的时候,他还是一头蓬乱的头发外加拖鞋呢。

广美仔细地审视着伊良部。他的眉毛似乎也修过了,皮肤上已不再有油汗。

"我去男士美容院了。"伊良部摸着脸说,"因为我不知何时会与女患者坠入爱河啊。呃呵呵。"

广美只觉得一阵强烈的虚脱感袭来。摸不透!唯有这个男人,自己摸不透!

不过,既然提到爱马仕的牌子了,绝不能让这个机会溜掉。

"大夫,真合身。我也想要一套爱马仕的西装。"

出于女人的本能,她条件反射般做出媚态。

"嗯,好啊。"伊良部直勾勾地看着她。

太简单了,简直连一点挑战性都没有。

算了,有得赚就行。

她决定选自由摄影师阿内为牺牲品。这是一个只想着跟女人上床的最差劲的男人。如果是他,就算万一出了事,自己也不会良心不安。

阿内成了跟踪狂们的目标,后背被刺伤,跟踪狂集团悉数被捕,自己彻底解放出来——广美甚至开始构思这种剧本。

"有时候还真想见见你呢。"她在电话中嗲声嗲气地一说,对方立刻屁颠屁颠地赶过来。

"我真高兴,没想到广美你会主动约我。"

傻子,还被蒙在鼓里呢。

既然都到了这个份上,就只能把男人当成工具了。真难以相信自己也有过处女时代。

大概是认识到本姑娘的价值了吧。看热闹的都围过来了,居然还不知道收门票费,天下哪有这样的傻子。

广美乘坐着阿内驾驶的沃尔沃驶入首都高速公路。她立刻就发现了追击者的影子。连汽车都准备好了,虽然是敌人,也真让人佩服。

广美回过头来,偷偷观察后面车辆的情况。

"广美,后面怎么了?"阿内很纳闷。

"啊,没什么。"广美装作若无其事。

彩虹大桥的夜景展现在眼前。彩灯闪烁的摩天轮也映入眼帘。

"这个时间,也不知摩天轮能不能排上队。"

"台场海滨公园也不错啊。夜景很漂亮。"

"既然这样,就去展望广场那边?那儿没有照明,全是打得火热的情侣。"

"不行——"

广美调皮地说。黑灯瞎火的话，跟踪者们记不住阿内的脸。她的设想是一定要吃过饭后，在街灯的照射下上演接吻的一幕，然后再入住酒店。但是不能让他得手，就以生理期来了为由逃脱。

驶上彩虹桥后，弯弯曲曲的首都高速路变成了直线。周围的景致顿时开阔起来。

广美回过头想看看追击者的样子，却打了一个哆嗦。

后面的车子已不是一辆两辆。开着前灯的车辆全都是追击者驾驶的。真是难以置信，也不知道发生了什么。

广美嘴唇发抖。她用手捂住嘴，可手也在抖。

"喂，广美，你怎么了？"

"唔。"广美摇摇头，脸上已经失去了血色。

一辆大卡车从旁边的车道超过去。两车并行的时候，司机还看了广美一眼，嘴角似乎挂着微笑。

"你脸色好难看啊，喝醉了？"

"唔。"她现在只会说这一个词。

这是现实吗？大脑逐渐麻痹，只觉得脑袋里有个地方发痒。

"怎么了，不舒服？要不要在路肩上停一下？"

莫非自己终于变成了所有男人的妄想对象？今后，自己该怎么活呢？

"喂,你没事吧,说话啊。"

阿内的声音只有高音部分传入了耳朵,老牛号哭般的声音沉闷地震动着广美的耳膜。

4

广美不想外出了,每天都把自己裹在被子里。

刚从便利店买完东西出来,店员就会跟过来,她都快疯了。洗衣店老板和送外卖的打工仔一看到广美,全被她的美貌迷住,迅速变成了跟踪者。

工作也取消了好几份,她没有心情强作笑脸,一旦让御宅族包围,肯定会骂他们个狗血喷头。

她曾多次跟厚子求助,可厚子不但不开导她,还害怕起来。

"我说广美,要不你试着改变一下生活看看?比如辞掉这份工作,做一个普通的公司职员。"厚子来到广美家中,小心翼翼地说。

难以置信。难道一个东大毕业生会在大楼的施工现场出苦力?一个奥运会的金牌得主会去给人送报纸?我貌美如花,凭什么非要给人家复印材料、端茶送水呢?

"厚子,你不会是想减少一个竞争者吧?"广美心直口快。

"瞎说。我是真心的。"厚子瞪大眼睛。

"事先声明一下,我可从没把厚子你当成竞争者,因为我的目标更高。"

厚子生气地吊起眼梢,一句话没说就离开了。此后,广美再也没有见过厚子,也没打电话联系过。

只有伊良部理解广美。他同情广美的遭遇,还建议她"用不着非外出不可"。

尽管依然不想被他拥抱,但请客吃饭之类还是可以奉陪。

"身体不适的时候,最好不要勉强自己。我情绪不好的时候都是立马休诊,啊哈哈。"伊良部爽朗地笑着说。

或许投胎转世变成一个傻子也不错,起码烦恼会少一些。

"我说广美姑娘,下次我想割个双眼皮,你觉得如何?"

"啊?"广美简直都怀疑自己的耳朵。

"我照镜子的时候,总觉得要是把眼皮弄成双层的话,肯定更帅气。"

广美有点头晕,不知道该如何回答。

"广美姑娘有没有整形?"

"没有。"

广美语气强硬地回答。其实,鼻梁还是稍微整过的。

"下巴是不是也稍微往前来一点?"

伊良部不知何时拿着小镜子,从各个角度照自己的脸,看得出神。再仔细一看,他的发梢还染了色。今天的服装也是意大利风格。

到了这把年纪才意识到要赶时髦？别瞎费劲了。

"大夫，我看你还是先把下巴周围的赘肉弄掉吧。"广美不由得说出口来。

"怎么弄？"伊良部探过身子，"我们医院没有整形外科，所以我不是很懂。"

"有专门吸脂的真空装置……"

伊良部让广美介绍一下，还"嗯嗯嗯"地不住点头。

为什么非要可怜巴巴地做这种讲座呢？我可是患者啊。

广美十分沮丧，每天至少要叹一百次气。

她时隔许久去事务所露了个面，结果被女社长挖苦了一通。

"现在不缺人手了。"

女社长在办公桌上打开账簿，敲打着计算器。

摆出一副了不起的样子。连个正经的工作都弄不来，神气什么啊。广美努力忍着，生怕真的说出口。

"你有什么不满吗？"

"没有……"广美低下头，刻意避开她的目光。

真是选错了事务所。广美早就后悔了。如果当初进的是更有实力的娱乐公司，现在早该大红大紫了。

她看了一下白板上的日程。写自己名字的地方，只有稀稀拉拉的几件活。

认命吧,毕竟都缺勤三次了。

她又看看告示栏。上面贴着各种试演的广告。"第一届影星大赛"的字样映入眼帘。她凑过脸去看看主办方,居然是电影界最大的公司。

她顿时兴奋起来,如果是大型电影公司的活动,肯定能借机出道。这是一次规模很大的比赛,奖金一千万日元,一等奖的获得者肯定会作为精心培养的明星迅速走红。既然是第一届,肯定也事关公司的面子。

她看了一下具体内容。比赛分为"灰姑娘组""女演员组"等多个类别。自己肯定是女演员组了,因为目标是当一线女演员。

"社长,"她喊了一声,"我想参加这个。"

"哟,那个?安川,不做综艺节目了?"

"其实,我一直都想做一个女演员。"管它呢,艺人就是艺人。

"咱们这边已经有艾米丽要去了。"社长想了一下,"这可是我们事务所的主推人选。有可能的话,最好只有一个人去……"

那种小姑娘居然是主推人选?广美的脸抽搐起来。她控制着感情,低头乞求:"求您了。"

"好吧,那先把初期的资格审查之类的弄一弄。我知道了,先给你报上名。"社长用手扶着眼镜,向上翻着眼睛说道,"不过,接待的工作可不要说不来就不来了啊。"说完,又返回办公桌边。

哼,少卖人情。一旦入选,给我提鞋,我都不要你。

"啊,对了,安川。"社长抬起头来,"写多大年龄?"

"……麻烦您写二十岁吧。"

社长停顿了一下,咕哝了一句"也是啊",然后在桌子上准备起文件来。

"失陪了。"广美打完招呼,离开了事务所。她抠了抠鼻子,把鼻屎抹在写着公司名称的牌子上。

狗屁社长,以前不过是个从没红过的艺人,有什么了不起。别以为我不知道,你还在两小时剧场演过那种"淋浴要员①"呢。

广美往大街上一走,跟踪狂们又从身后追上来。她觉得跟踪者们已呈军团态势,平常都在一百人以上。

随便,趁我现在还没有走红,爱怎么跟就怎么跟吧。我可马上就是电影女明星了,到时候你们想碰都碰不到。

她在时装店的橱窗上照了照,摆了个造型。

纤细的腰身,紧致的翘臀,高耸的胸部。堪称完美!

广美嫣然一笑,露出洁白的牙齿。

她确信最后入选的人肯定是自己,不可能有其他女人超过自己。

她信心爆棚。

一名路过的中年男子直勾勾地盯着广美。

---

① 在长长的广告时间里插播女子沐浴的镜头,用来确保收视率。淋浴要员便是出演该镜头的女演员。

"大叔，赶紧趁现在多看两眼吧，以后你恐怕一辈子也看不到了。"广美凶巴巴地说道。

男人吓了一跳，急忙改变路线朝人行道的一角走去，样子十分滑稽，弄得广美大声笑起来。

终于变成了真正的自己，变成了独占所有人视线的女主人公！

广美狂笑不止。行人的视线全都汇集到了她身上，但她毫不在意。自己太美了，这种礼遇是理所当然的。

她把试演的事情告诉伊良部，伊良部说要为她加油。

"我一定要系着头巾去声援你！"伊良部两眼放光。

她决定不告诉他会场在哪里，去医院的事情也暂停一下。

前期的资料审查轻松过关。听到十万名参选者中只入选二百位的消息，广美也毫不吃惊。

这无非是把那些垫底的外行筛掉而已。这二百人应该都属于某些事务所。"朋友随便参选一下，结果就中选了"——这种情况绝不会有，评委们要看的是本人的气质。

竞争已迫在眉睫。广美频频出入美容院，把自己打磨得更加光鲜靓丽。皮肤是健康状况的晴雨表，干燥的肌肤完全恢复了光泽，自己一定是恢复了健康。

复试在一处租借的活动大厅进行。

面试、泳装环节、才艺表演，在舞台上展示完这三项后，各组要选出大约十位人选，进入最后的评审。

广美当然自信满满。她听说主办者寻求的是正统派的美女演员，简直都要跳起来。这对自己太有利了。每天照镜子时，她恍恍惚惚觉得自己拥有世界第一的美貌。

首先在日本出道，三年后进军好莱坞。这不是梦想，而是计划。最近几天，广美一反常态，一直心绪高涨。

休息室是个大房间，只是在空荡荡的屋子里摆放了几张桌椅。出场者们各自占据着自己的位置，专心地化妆。

其中有几张熟识的面孔，全都是来捣乱的女人，她们就算看着对方直瞪眼，也不会打招呼。

"哟，广美前辈也过了初试？"

广美闻声扭过头，只见事务所的后辈艾米丽正站在身后。

"太好了，终于能看到个熟人了。"

扯淡！心里明明那么焦虑。

"不过，以前竟不知道广美前辈才二十岁。"对方带着嘲讽的微笑。

想让我方寸大乱？真是可笑之极。我的阅历经验岂是你能匹敌的。我那时候，同行间甚至还彼此在饮料里下泻药呢。

"你的泳装环节没问题吧，肯定要被逼着做体操什么的，可千万别让文胸脱落，露出胶带哦。这可事关事务所的颜面。"

广美用整个休息室都能听见的声音说道。艾米丽变了脸色。

"还有，学校的名字也不要说。偏差值低，会露馅的。"

艾米丽嘴唇发抖，返回了自己的位置。

"好可怕……"四周传来窃窃的私语。

有什么好在乎的？这就是战争，我不需要朋友！

广美离开休息室想去洗手间，走下楼梯。背后有人打招呼："广美姑娘！"

声音好耳熟啊，不会是……

"呃呵呵。我也来参加面试。"

果然是伊良部，身上的连体衣像气球一样鼓鼓的。

"我也想上一次电影，就参加了男演员组的选拔。"

"大夫也……"广美不知该说什么好。

"对。如果中选的话，身兼医生和演员，是不是很酷？"

"我记得好像有……特型演员组和替身组来着。"

"不不不，我是动作明星组。青春明星组我也考虑过。"

广美头痛起来。这真是所谓大电影公司的选拔？

"大夫，您的资格审查通过了？"

"通过了。我爸爸可是日本医师会的理事，又是交询社①的领导，到处都有关系。"伊良部挺着胸脯说道，"不过，如果我们两个都选上，就可以一起演戏了，比如演个恋爱场面之类的，呃呵呵。"

---

① 1880年以福泽谕吉为首的庆应义塾大学相关人士创立，现在仍为实业家社交俱乐部。

伊良部在楼梯平台的大镜子前面照了照，还摆了个造型。

广美终于明白了。伊良部是个自恋的家伙。这样的面貌、这样的体形，他还坚信自己很帅气呢。

多么幸福的男人！

"怎么样，像不像德尼罗？"伊良部抱着胳膊，摸着下巴。

不跟他纠缠了，这种玩笑司空见惯。还是把注意力集中到自己的选拔上。

"大夫，回头见。"说完，广美快步离去。

广美在洗手间的隔间里集中精神。她在心中确认：我是最美的，我是第一。然后做了个深呼吸，铆足了劲。

选拔开始了。

面试时，广美穿着迷你裙出场。她无法不展示那双引以为傲的长腿。她把腿斜斜地并起来，手放在膝上。

"安川小姐，你喜欢什么样的男士？"

提问开始。广美做出一副思考的样子。

"我喜欢拥有梦想的人，更喜欢那些努力去实现梦想的人。"

对于这种司空见惯的提问，秘诀就是停顿一下再回答，可以给人留下一个正在思考的印象。

"假如有一名男子企图自杀，你该如何说服他？"

"嗯，这个嘛……"即使露出为难的表情也没关系，但一定要显出可爱的样子,"我会对他说,'我明天给你介绍一个性感的妹子,你能不能见过之后再作决定?'"

评委席上一阵哄堂大笑。一股快感贯穿广美的全身。面试成功了。

下台后,广美在舞台下面侦察竞争者们的面试。只要能进入这些女人的视野,也能让她们分散注意力。

艾米丽很傻。明明是选拔电影演员,面对"你喜欢的导演是谁"的提问,她竟回答"长嶋教练",结果引得全场失笑。①

一瞬间,她的视线与广美碰到了一起,广美"哼"地朝她冷笑一声。

泳装环节成了广美一个人的舞台。她曾做过车模,匀称的体态俘虏了所有评委的眼球。

只不过也要强调一下羞涩感才行。走台是广美的拿手好戏,她却故意走得生硬一些,最后行礼时把乳沟狠狠地展示了一把。

艾米丽在这一环节又丑态百出。"好,请转一下。"对于评委的要求,她先是露出一副诧异的表情,然后在地板上来了一个前滚翻。

爆笑淹没了会场,艾米丽一脸尴尬。

在走廊上擦肩而过的时候,广美在她耳旁说了一句"你是事

---

①日语中,导演和教练的发音相同。

务所的耻辱"。

艾米丽满脸通红,紧咬着嘴唇。

自己已胜券在握,只需要在最后的才艺表演中来个致命一击。

广美打算跳迪斯科舞。面试时穿的是迷你裙,这次她想展示一下男孩式的帅气装扮——军装配贝雷帽。

她在休息室换好衣服,在镜子前戴上贝雷帽。

只听哧啦一声,她连忙摘下帽子,查看情况,顿时脸色煞白。

让人暗算了。广美眼前一片漆黑。冷却的血液下沉到脚底,又翻转回来冲向头顶。

帽子里被人放进了胶带,而且有胶的一面还是朝外的。

"太过分了!"她大叫,"是谁,是谁干的?!"

明摆着是艾米丽的阴谋诡计。

女人们围了上来,各自摆出险恶的表情望着广美的头。人群里并没有艾米丽的身影。

帽子虽摘了下来,胶带却全粘在了头顶和两侧的头发上。帽子里面全被做了手脚。

广美眼前一阵发黑。突如其来的打击和愤怒让她全身发抖。

"喂,艾米丽。"广美扯着嗓子叫道,"你在哪里啊,你给我出来!"

女人们纷纷离开广美身边,似乎都不想牵扯进来。

"跟我玩这个,我饶不了你!"

广美在休息室里东跑西窜,不知如何是好。激动的情绪从喉咙深处溢出来。她陷入了恐慌。

完了!选拔断送了。自己已经二十四岁,这恐怕是最后的机会。女演员的道路也走不通了。自己只能做一个平凡的接待员,只能成为野男人妄想的对象。

广美绝望了,脚底打颤,连路都走不直。

她回过神来,发现自己正在会场内游荡。不知从哪里传来一阵男人的怒骂声。

"连个选拔都不让参加,你们算什么玩意儿?我跟你们说过多少次了,不要小瞧人。"

是伊良部。他正在会场的一角摇晃着下巴上的赘肉,跟工作人员激烈地争辩。

"你能不能理智一些?虽然不知道你是用了谁的关系,但都这把年纪了还想当动作明星,不是胡闹吗?"

"你眼瞎了吗?不知道站在眼前的是未来的明星?"

"总之请回吧。我们没空理你。"

"啊,广美姑娘。"伊良部发现了广美,"你跟这些人说一下,就说我是认真的。"

"那个,打扰一下。我叫安川广美,我此前的分数是第一名吧?"

广美抓住工作人员的胳膊,使劲地摇晃。

"你怎么回事?"工作人员直往后退,对着手中的无线电大喊,

"喂,那谁,叫保安来。"

"我是第一名,对吧?"

"有两个疯子,请把他们驱离会场。"

"请回答我。"

"一个是中年胖男人,另一个是头上缠胶带的女人。"

"我是最漂亮的,对吗?"

"我也是最帅的。"伊良部插进一句。

你给我闭嘴。这件事关系到我的人生。

"我跟这位广美姑娘都约好了,我们要一起上电影。"

别跟我一起,我求你了,求你别跟我一起——

广美被人从后面揪住衣领,是好几个身强力壮、身穿制服的保安。

广美被他们抬了起来。她拼命挣扎,可根本无济于事。

她被抬到了会场外。视野突然敞亮起来,云雀的鸣叫冲入了耳朵。

她全身瘫软,仰望着湛蓝的天空。

啊,好久没看到这样的天空了,恍如隔世一般。

广美剪掉了头发。至于剪了多少,差不多跟从前读过的赤冢不二夫漫画中的旗坊的头发一样短。

化妆和穿着也变了。浓浓的眼线和紧身迷你裙很难跟这样的发型搭配。

广美穿上了多年没穿的普通牛仔裤,毛衣也是普普通通的款式。

如今,她正一身这样的打扮,在一家设计公司做实习员工。事务所的合同被迫中止,她失去了接待员的工作。

没有钱了,她就把伊良部贡献的奢侈品拿到典当行去典当,结果发现全是赝品。她质问伊良部,结果伊良部厚颜无耻地说"是在上野公园从伊朗人那儿买的"。这家伙还真难缠!

现在,她走在大街上也没有人回头看,当然也没有跟踪者了。

所谓驱离附体的妖邪,说的一定就是她这种情况。

她全身有一种轻松的、好像是遗失过什么的感觉,整个身心都十分畅快。

只不过,身体的不适并非一下子就能痊愈。如今,广美仍每周去一次伊良部综合医院开药。

"奇怪啊。怎么会在复试中让人给弄下来呢?"

这个叫伊良部的男人似乎仍然没有悔改,还在到处投递参选演员的简历。

"您是医生,用不着非要当一名艺人啊。"

"我就是想上电视,哪怕一次也行。"

他闪烁着认真的目光说道。广美不由得笑喷了。

"广美姑娘,身体怎么样了?"

"呃,正在一步步好转。最近感觉轻松多了。"

"一定是因为你脱掉了盔甲。"

"盔甲?"

"这种情况经常有。比如有些不良中学生转了学,不再留飞机头,立刻变回了活泼稳重的少年。"

"大夫,那飞机头发型早过时了。"

不过她终于明白了,化妆和迷你裙就是自己从前的盔甲。人一旦把武器拿到手,是很难放弃的。

"当然,跟踪者也没有了吧?"伊良部问。

"嗯,没有了。"广美苦笑一下,"不过,我最初向您倾诉的时候,您真的相信吗?"

"唔。"伊良部坦率地摇摇头,"我一眼就知道你是被害妄想症。不过,这种疾病就算加以否定也治不好,因此我只好从肯定的角度开始治疗。对于失眠的人,你命令他睡觉也没用。既然睡不着,干脆不睡就得了,这样一说,患者也会放松下来,结果反倒睡着了。跟这是一个道理。"

广美望着伊良部心想,莫非他真是名医?

"不过,广美姑娘的短发,我也挺喜欢的。呃呵呵。"

说着,他又直勾勾地逼过来。

"慢着,大夫,你不是说过再也不这样了吗?"广美直往后退。

"唔。因为你现在已经变成短发了,就是另一回事了。"伊良部的鼻息变粗了。

什么狗屁逻辑！真是不长记性！

广美用脚挡住他，然后又像上次那样果断地给了他一脚。她换了活动方便的牛仔裤，这次是两脚发力。

伊良部连人带沙发摔倒在地上。

"咣——"巨大的碰撞声又响彻房间。

朋友

1

雄太发手机短信的次数，一天超过了两百次。

发一次费用是三日元，一天就会花费六百日元。他一天都不停止，基本费用加通话费，一个月轻轻松松就超过两万日元。

读高中二年级的津田雄太每月从父母那儿领到两万日元的零花钱。"独生子的条件就是好啊。"尽管同学经常拿他开涮，但这里面包含了午餐费，能自由支配的并不多。

"这些钱连西装和CD都能买到。"母亲说得头头是道。

这都什么年代了。如今的高中生都为支付手机费伤透脑筋。

雄太在快餐店打工才勉强维持开销。他一周工作五天，每天三小时，一个月下来能赚到五万日元。这样才勉强够买衣服和CD。

"这样加起来不就是七万了？你觉得你爸的零花钱能有多少？"

父亲红着脸发火，是上个月的事了。

"你学习怎么样？明年就是高三了。"

母亲早晚两次的牢骚已成了每天的必修课。

然而，随着时光的流逝，父母的责备也不再严厉了，因为雄太的左手开始出现痉挛的症状。

面对吃晚饭时都不忘用手机继续发短信的雄太，父亲厉声说道："够了！看我不揍死你！"

即便如此，雄太仍像没听到似的，继续玩手机。君子一言驷马难追，他头上真的被父亲揍了一拳。

"你干什么啊。"雄太抗议道。

父亲一把夺过手机，扔到起居室的沙发上。餐桌上弥漫着沉重的气氛。几分钟后，雄太的左手不由自主地发起抖来。

颤抖从指尖开始，蔓延到肘部，最后连整条胳膊都像拨动曼陀林一样上下摇摆。

雄太慌忙跑去取回手机，一握在手里，左手的痉挛就好了。

父亲和母亲脸色苍白，咽着唾沫，沉默了老半天。

"带他去看医生……"父亲忽然冒出一句，"在私铁沿线，是不是有家叫伊良部什么的医院？那儿是综合医院吧？"

雄太没怎么在意。朋友中就有因为短信发多了导致腱鞘炎的，估计自己也是这类症状。如果用右手按键，以后就不会出现异常了。

"妈妈啊，就怕你总是攥着手机不撒手。"

母亲的表情一直阴沉沉的，大概想起了雄太初中时曾一度拒绝上学的往事。

"打工那么忙,我哪里有空去看医生。"

雄太偷偷跟母亲要零花钱时,母亲却提议"那好,我给你一万日元,你去看病"。

哦,真幸运,课也可以逃了。

雄太拒绝了母亲的陪伴。都十七岁了还跟母亲一起去看病,传出去多丢人。

母亲说早就跟精神科预约好了。雄太也没怎么起疑,他根本没有关于医院的常识,只能区分内科和外科之类。

伊良部综合医院的精神科在大楼地下。与整洁明亮的前厅相比,这里犹如学校运动部的房间,不仅光线昏暗,还有一股馊味。

(我现在在地下室,超级不安。)

雄太立刻用手机给几个正在上课的朋友发短信。当然,去医院的事他前一天就已经发过了。

他敲敲门。里面顿时传来一个刺耳的声音:"欢迎光临。"

(医生说"欢迎光临",再次超级不安。)

用手机快速打字是他的绝活儿。他一分钟能打八十个字,甚至还去过早安少女组的音乐会,为朋友们直播音乐会的现场。

走进里面,只见一名中年胖医生正坐在单人沙发上。

(医生是只河马、河马,吓死人了。)

"你是津田君吧。你在干什么呢?"医生晃悠着下巴上的赘肉问。

看上去倒挺热情。再看看医生胸前的名牌，上面写着"医学博士 伊良部一郎"。

"啊，没什么。"雄太敷衍地点点头，在凳子上坐下来。

"那就先打个针吧。"

"啊？"雄太惊奇地瞪大眼睛。

"没事、没事，我从你妈妈那儿了解过基本情况了。喂，真由美。"护士不容分说就开始准备注射。

（突然要打针。吐！）

"是打葡萄糖，不用担心。"

雄太把左臂放在注射台上。忽然闻到一股香气，他抬起头来，护士的乳沟就在眼前。

（波霸护士登场，乳沟全露，受不了。）

雄太的小弟弟顿时抬起头来。

"不要用力，胳膊放松。"

护士的声音并不和蔼，透着一股不高兴的劲儿。

不过这些都无所谓。雄太还是处男，第一次这么近距离地靠近女人的柔嫩肌肤。

他把手机换到右手上。护士弯下腰，大腿又从白大褂的下摆中露出来。

（内裤也露了出来，受不了了。骗人是小狗。）

雄太忽然感到脖子上拂过一阵鼻息。回头一看，只见伊良部涨红的脸就在他的肩头上。

（不好，短信被人看到了。不妙。）

心里想想也就罢了，雄太却全打了出来。不过，他没有受到责备，因为伊良部不知为何十分亢奋，只是直勾勾地盯着他的左臂。

打完针后，雄太又回到椅子上，与伊良部相对而坐。

"手机上瘾？"

伊良部一咧嘴，露出牙龈。这种毫不避讳的说法让雄太有点生气。

"哪有这回事。"

"我还从来没有用过手机呢。"

难以置信，现在这年头还有这样的人？连母亲外出时，包里都放着手机。

"借我看看。"

雄太不情愿地递过去。伊良部好奇地端详着手机。

"这东西得多少钱？"

"十日元。"

伊良部把手机掉到了地板上，雄太连忙捡起来。

"因为是老款。"还没等伊良部发问，雄太就抢先回答，"最新的 I-mode 得花两三万，老款的几乎是白送，只靠通话费赚钱。"

"唔。"伊良部张开下嘴唇，"那么，短信怎么编辑？"

真啰唆，不过，就算不愿意也不能写在脸上，雄太只好不情不愿地教给伊良部。

"这么厉害啊。就这么几个键，还能转换汉字。"

伊良部像孩子似的两眼放光，好奇地操作了一会儿。

"哦，还有符号。笑脸和哭脸也能打出来。"

"这些小儿科也就初中之前玩玩。我们都很厉害，都是正儿八经用字来打的。"

雄太得意地回答。如果用那些幼稚的图画文字，会被同伴嘲笑。

"这是什么洞？"伊良部问。

"是插闪光灯的插口。最近的手机都能拍照片发照片了。"

"哦，还有闪光灯啊。"

"嗯，基本上都有。"

雄太从兜里摸出来给伊良部看。面对着这个塑料玩具般的玩意儿，伊良部喜笑颜开。

"来，拍一个、拍一个。"

伊良部把手机塞给雄太，摆出一个 V 字手势。这位大叔真的是医生？

雄太无奈，只好按下快门，把拍在画面上的照片给伊良部看。伊良部张大鼻孔，喜出望外，全然不像大人高兴的样子。

（这是个傻子医生。）

雄太好不容易拍了一张，找了个机会迅速发了出去。

"在哪儿能买到手机？"

伊良部又从雄太手里拿过手机。连这都不知道？

"随便哪家电器店都有啊，有些便利店也卖。"

"啊，打通了，打通了。"伊良部随意拨打着电话，"不过是报时台的电话。"

真是的，随便浪费别人的通话费。

"要不打个一一〇试试？"

"打住。会留下通话记录的。"

伊良部怎么也不肯把手机还给他，握在左手中，用哆啦A梦般的小圆手胡乱按着键。

"哦，还能玩游戏呢。"

伊良部像被迷住一样拿着手机不撒手。

过了十多分钟，雄太心里涌上一股类似焦虑的情绪。

有没有新短信？到了休息时间，一般会有人给自己发短信。

"抱歉，大夫，能不能把手机还给我？"

对方没回应。他又催促了一遍。伊良部正在研究手机铃声。

雄太的左手开始抖动起来，额头冒出汗水。

"大夫，停停。"雄太伸手要拿手机。

"再等一会儿。"伊良部把身体扭向一边。

这大叔是怎么回事！完全就是个小孩子，而且还像小学生一样自我中心。雄太心跳加速，嘴唇干燥。

"大夫，请还给我。"他站起来，从伊良部手里夺过手机。

"啊，抱歉、抱歉。"伊良部这才终于回过神来，"一不留神玩上瘾了。"

雄太瘫软下来，嘴里漏出叹息。回过神来，这才发现全身已大汗淋漓。

"我也得赶紧买一个。"伊良部爽朗地笑着说，"那么今天就到这里，明天再来。"

每天都要往医院跑？简直要吐了。

"失陪。"雄太点点头，来到走廊。名叫真由美的护士正坐在凳子上抽烟，跷着二郎腿，大腿露了出来。

我还要来！雄太在心中呐喊。

"那个，"他小心翼翼地打招呼，"姐姐，能不能告诉我你的手机邮箱？"

他没有勇气问电话号码，不过邮箱地址倒是可以作为搭讪的话题。他没有女朋友，但短信女友至少有一百个。

真由美瞥了雄太一眼，懒洋洋地说了一句"没有"。

雄太怀疑自己听错了。伊良部是个大叔，没有邮箱地址倒也罢了，真由美看上去顶多二十二三岁。接连遇上两个没有手机的人，这可真是一段神奇的经历。没有手机怎么谈恋爱？

"那，能不能让我拍张照片？"

"小屁孩。"

雄太被当场回绝。真由美把香烟在烟灰缸里掐灭，乳沟又露了出来。他的大腿间肿胀难忍。

"还有事吗?"真由美站起来,咯吱咯吱地挠着头问。

雄太摇摇头,转身逃走。真是一家变态医院,医生护士全是变态。

去学校后,雄太立刻把今天的情况汇报给朋友们。

"告诉你们,那护士真的是好性感啊。白大褂的扣子差不多解开了三个。"

"真有这样的护士?你就吹吧。"

"真有啊,连乳头都快露出来了。"

"啊,对对,而且那白大褂也是迷你型的吧?"

"真人秀怎么样?"

"没跟你要延时费用?"

雄太遭到了种种取笑。他决定明天搞个偷拍。如果大家看到那个护士,去看病的人肯定蜂拥而至。

"对了,雄太,买 GLAY 乐队的新 CD 了吗?"铁哥们儿洋介问。

"嗯。"雄太一副理所当然的表情。

"我明天带 MD 来,能不能给我复制一下?"对方合起手掌请求。

"好啊。"雄太大度地答应了。

"那,雄太,椎名林檎的新唱片呢?"另一个哥们儿信平从一旁伸过头来。

"买了啊。这还用说。"

雄太倚在椅背上，摆出抽烟的姿势。

"帮我复制一下。"

"哦，知道了。"雄太和颜悦色地答应。

"菅止戈男的买了？"第三个好友尚也问道。

"还没有。"

"赶快买了借给我。"说着，对方拍拍他的肩膀。

尽管有点窝火，雄太还是回答"等打工的钱发了再说"，然后继续谈笑。

雄太每月要买十多张单曲唱片和唱片专辑，至少花费一万到一万五千日元。作为高中生，这已经算是很大一笔开支了。

在排行榜上走势上升的CD，他一般都会弄到手。因此谈到音乐的话题，他一般都能成为中心人物。

他也很乐意让朋友们仰仗自己。女孩们有时也会请求"借一下那张唱片"，所以，他最近已经把范围拓展到了福山雅治等人。

雄太无法理解那些听非主流西洋音乐的人。班里也有听比约克等摇滚歌手的怪人，他们似乎连个说话的人都没有。

"喂，女子商学校的女孩给你来短信了，说是要一起搞个联欢会。"洋介窥探着他的手机说。

"为什么发到你手机上？"尚也噘起嘴巴。

即使在谈笑的时候，大家也都手机不离手。雄太也不例外，一面聊天,一面用左手编辑短信。他还有一些短信朋友是在网上认识的,从没见过面。

雄太最享受与这些伙伴厮混的时间。他有一种自己不是孤零零一个人的安心感,如果到处露脸,还能认识更多的朋友。

他的好友至少有三十个。放学后如果在车站附近站上一小时,起码能遇上好几个熟人。"哟,雄太!"大家都热情地跟他打招呼。

交际广就是好。要想保持交际,就得花费金钱和时间,谁都避免不了。

雄太一直认为,这就是投资。

2

第二天,雄太去了医院。伊良部早在桌子上摆了一大堆手机等着他。

"喂,教教我怎么用。"

雄太不禁哑然,各大公司的最新机种全齐了。

"大夫,也用不着全都……"

"可是我不知道买哪家电话公司的好。"

伊良部咧着嘴笑。他似乎真的一窍不通,连短信都不会发。雄太帮他设定了密码和地址,调到了可用状态。

"那我就给津田君的手机发个试试。"

伊良部用哆啦A梦般的手入迷地操作着手机键。不一会儿，雄太把顺利收到的画面展示给伊良部看，伊良部高兴得要跳起来。

"这次换津田君给我发一条。"

在伊良部的央求下，雄太出于习惯，不由得发了一条"让我们成为短信好友吧"。伊良部很感兴趣，高兴地做出OK的手势。

雄太搞不清自己到底为什么而来了。母亲担心儿子有病，才把他送到这里，可是……

"来，打针吧。喂，真由美。"伊良部大喊道。

对啊，今天是来给真由美拍照片的。

雄太偷偷在手机上设置好闪光灯，换到右手，然后把左臂放到注射台上，等待真由美往前弯腰的一瞬间。

真由美给他涂上消毒液，把针头扎进皮肤。雄太忽然感到脖子上有一股温热的气息，回头一看，伊良部的脸就在一旁。这大叔真是不正常。

不过，顾不上这些了。真由美的乳沟今天也是火力全开。

香气在雄太的鼻尖缭绕。他真想一把搂过去，手指放到了快门上。

一阵刺痛掠过左臂，他不禁叫起来。

"啊，抱歉，针头扎偏了。"真由美说，但全然没有抱歉的意思。她想解开雄太胳膊上的压脉带，手却一滑，碰到了雄太的右手。

手机被弹飞出去，啪的一声滚到地板上。

"啊，糟了。"真由美直起身子，却连句道歉的话都没有。她冷眼俯视着雄太，危言耸听地说，"重来，幸亏针没有断。"

计划似乎被看穿了，只好中止。雄太躲着真由美的眼神离开。不过真由美也太粗暴了，这种女人能找到男朋友吗？

雄太在学校跟伙伴们商量玩耍的计划。休息时间，他一般都跟同伴厮混在一起。

独自一人读悬疑小说的同学，对雄太来说无异于火星人。

"这玩意儿有意思吗？"他曾问过那位男同学。

"有意思啊。"他得到了一句没意思的回答。

自己有多久没读过小说了？雄太连一个小时都待不住。

"我说，跟女子商学校一起联欢的事，"洋介在书桌上盘着腿说，"暂时定的是四对四的形式。信平、尚也、雄太，你们都要提前做好打算。"

"如果全是丑八怪，我可饶不了你。"

"那就让她们提前发个带照片的短信。"

"好主意。那咱们是不是也要发？"

四人一起照了张合影，给对方女孩发了过去。

即使在这期间，大家也各自用手机编辑着短信。雄太的手机出了问题，频频显示"发送失败"的错误提示。短信功能不管用了。

莫非是在医院摔坏了？而且接收也不稳定。接收数据出现了错误，就好像被故意摔坏了一样。

雄太试着让洋介给自己发，却没有收到。

如此一来，雄太慌了神。万一收不到重要的短信怎么办？他忧心忡忡，又试着给其他学校的朋友拨电话。

"喂，有没有给我的手机发短信？"

"没有啊。怎么了？"

"我的手机好像出毛病了。"

"哦。"对方似乎并不关心。

他打了几个这种电话，得到的都是"今天没发"的回复。

这只不过是偶然而已。虽然收到的数量远比发送的少得多，他一天至少也会收到几十条短信。

他继续给别人打电话。不久，通话功能也不正常了。即使拨号，也只能听到正在通话的嘀嘀声。

"喂，尚也。你的手机借我一用。"

"不行。"

雄太被冷冷地拒绝了。洋介和信平也都忙着编辑自己的短信，没工夫理他。

结果，电量也耗尽了。手机完全变成了衣兜里的负担。

雄太觉得下午的课就像受拷问的时间一样。

绝对有朋友为无法给自己发送短信而苦恼，说不定还会受到伤害。短信女孩们可能会立刻寻找下一个聊天对象。

想到这里，雄太再也坐不住了。环顾周围，有几个男女同学正以教科书为盾牌在玩手机。自己本来也是其中一员。

他额头逐渐渗出汗来，心跳也在加快。他接连打嗝儿，脚也在下意识地不停摇晃。

放学后第一件事就是去买一部新手机。既然没有钱，就无法买最新款了，不过，跟旧手机同型号的几乎免费。机种变更手续三十分钟就能搞定，当场就可以使用。

左手抖动起来，他觉得丢人，就把手塞到了屁股下面，咬紧牙关与全身的焦躁奋战。

"喂，"他压低声音，和旁边座位的洋介搭话，"帮我个忙。"

洋介转过脸来，担心地问："怎么了？脸色这么难看。"

"能不能给西高的山田和北高的高桥发个短信，就说'津田雄太的手机出了故障'。"

"你们有约吗？"

"倒没有。"

"那为什么？"

"我怕发不了短信会给人家带来不便。"

洋介皱起眉。"用不着这样吧。既然无法发送,对方也就放弃了。"

"喂，你们两个！"讲台上的老师忽然厉声喝道。两人一缩脖子。洋介收起了手机。

雄太的汗冒得越来越厉害。他等不到放学了,决定第五节课结束后擅自早退。如果去车站前的量贩式电器商店,可以任意挑选各大公司的手机。

雄太吞咽着口水,连五分钟都等不及。一定有好多朋友因为无法给自己发短信头疼,其中还有重要的联络信息。

难以忍受的不安向他袭来。这种情况还是第一次。

雄太把笔记塞进书包,悄悄地背到肩上。

洋介错愕地看着他。"喂,上着课就想溜?"

雄太没有回答,趁着老师面对黑板的空子,猫着腰跑向教室后门。好几个同学目瞪口呆地看着他。

他悄悄打开门,来到走廊。老师并未发现。他知道断然行动反倒不会被老师察觉。

雄太径直离开学校,跳上公交车。

自己确实挺奇怪,雄太一面握着新手机一面想。

其实也用不着逃课。冷静地想想,压根儿没有争分夺秒的必要。

一买到手机,他立刻给朋友们疯狂地发起短信来。他解释了手机出故障的情况,并为联系不上对方道歉。不过,他们的反应很冷淡,多半是"啊,是吗"之类。

只有一起打工的百合回复说"我理解你的心情",让他获得了拯救。

"我丢手机的时候，都陷入恐慌了呢。"

假如现在就丢了手机，或许自己也会昏倒。

"对了，津田君，今晚打工的孩子们一起唱卡拉OK，你来吗？"百合问。

"去、去！"雄太当即点头。

"津田君，你这人真痛快。"百合笑着说。

雄太从未拒绝过朋友的邀请。他生怕自己不在时会漏掉好玩的事，所以一向是来者不拒。

雄太打工时干的活儿是在汉堡店的厨房里炸土豆。只要按操作规程做就行，很简单。他总把手机藏在兜里，哪怕只有几秒钟的空闲，也要检查一下有没有短信。

收到短信的提示闪烁起来。雄太一看，是伊良部发来的。

（今天天气不错啊。）

雄太不知道该如何回应，就没理他。

一分钟后，伊良部又发了一条。

（明天如果也是晴天就好了。）

看来他是学会了操作手机，高兴坏了。

（后天如果也是晴天就好了。）

短信接连发送过来。都这么大的人了，他到底在干什么？

（大后天如果也是晴天就好了。）

这人傻乎乎的，雄太决定不理他。如果是真由美的话，他会立刻发动短信攻势。

打工六点结束，雄太顺便去了卡拉OK。他给妈妈发了一条"晚饭不吃了"的短信。能单方面通知对方，也是手机的伟大之处。

有一次，读大学四年级的堂兄说："我上高中的时候，没有一个人有手机。"从前的高中生回家晚的时候，恐怕要给父母打电话吧。那麻烦真是难以想象。

"津田君，来个带劲儿的。"百合嚷道。

雄太其实想在冷场的时候唱，可又怕扫了朋友的兴，便立刻站起来，握住麦克风，"耶——""吼吼——"场内欢声沸腾。

"有没有平井坚的新歌？"雄太问。

"不会吧。你已经会唱了？"

结果一找，已经上架了。才刚刚发售，大家肯定也是头一次在卡拉OK听到。雄太一唱，大家的惊讶之情溢于言表。雄太不禁有一种爽快的感觉。

唱卡拉OK时，他都是打头阵。一有单曲唱片出来，他会立即购买，反复听反复练习。虽然费用不可小觑，但在朋友圈里能备受推崇，这也是他欲罢不能的原因。

唱完后，他总是要摆一个怪怪的造型。轻松搞笑可是交际的秘诀。

"喂，津田，能不能借我一下CD？"

这时，他又成了大家的依靠。说实话，他有时候也嫌麻烦，但不想被人当成小气鬼，便笑着答应下来。

当天有一张新面孔，是个身穿扎眼的私立学校校服的男孩，大家都叫他"科济"。一个女生把麦克硬塞给他,他便唱了一首"圣堂教父"的新曲。

那张单曲雄太还没买。焦虑的情绪涌了上来。

而且科济穿的耐克新款轻便运动鞋是杂志上刚介绍过的，雄太也是头一次看到实物。

自己也得买。不过，起码得花两万。

那就增加打工时间。如果一天多干一小时，就能买更好的衣服和鞋子了。

科济来到一旁，一面招呼着"津田"，一面亲昵地拍拍他的肩膀。

"手表给我看看。"说着，他抓过雄太的左手，"G-SHOCK 的周年纪念款，太老土了吧。"

雄太知道他为何提起这个话题，因为他手上戴的是 G-SHOCK 系列中堪称珍品的潜水表。

"你的才老土呢。"尽管很生气，雄太还是回了他一句。

"牛仔衣是什么牌子的？"接着，科济又翻看雄太衣服上的标签和牌子，"哦，也穿上李维斯的古董衫了啊。"

听语气，科济似乎有更珍贵的牛仔衣，下次肯定要穿来。绝不能输给他，自己一定要去涩谷的二手衣店，买上几件古董衫让他瞧瞧。

寒假每天都要去打工。自己的东西决不能比周围的人差。

"喂,津田君,玩滑雪吗?"一个正在闲聊的女孩挑起话题。

"没玩过。"

"嗨,下次我们打算去滑雪旅行呢。"

"我去,现在就学。"他当即回答。

高中生活的花销实在太多,干脆去奶奶家偷偷要些零花钱。

第二天,雄太一去医院,伊良部就噘着嘴一脸不高兴的样子。

"为什么不回短信?"

看来他对雄太无视自己的短信很不满意。

雄太查看了一下昨夜未读的短信,居然有一百多条。他有一种不祥的预感,一翻,几乎都是伊良部的。

(我现在要去洗澡了哦。)

(洗完澡出来了哦。)

(晚饭吃汉堡哦。)

(妈妈发火了,说不许把胡萝卜剩下。)

这样的短信让人怎么回?这还是大人吗?伊良部医生原本就有点怪,都一大把年纪了,连婚都没结吧?

"我要打工,还得做作业,很忙啊。"虽然觉得对方是个傻子,雄太还是辩解了几句。

"可你一次都没回,你不觉得太过分了吗?"

雄太能理解这种心情。自己也一样,发出的五条中也就收到一条回复,而自己的回复率却是百分之百,有时候他也觉得不公平。

"抱歉……"他懒得辩解,便点头致歉。

"算了算了,手机我也玩腻了。"伊良部咯吱咯吱地挠着头说。

如此说来,桌子上还真没了手机,也不像装在兜里的样子。

"大夫,你的手机都哪儿去了?"

"抽屉里。"伊良部努努嘴,"如果没人回应你,手机这玩意儿能有什么意思。"

说完,伊良部流露出一丝落寞的神情。居然连个联系人都没有,世上有这种人吗?

"大夫,如果我有时间,就给你发短信吧。"出于同情,雄太不由得脱口而出。

"真的?"伊良部顿时双眼放光,"我太高兴了。"他抓过雄太的手,激动地上下摇晃起来。

为什么要来医院,连雄太自己都糊涂了。

今天照样打了针。真由美依然是不理不睬。

打完针,趁伊良部离开的时候,雄太试着问了一句。

"护士小姐,你有男朋友吗?"

结果被她默默地瞪了一眼。

"下次一起去唱卡拉OK怎么样?"雄太故意嘟着嘴做出怪相。

真由美把注射器和安瓿收到架子上，忽然冒出一句："你其实性格很阴暗吧。"

雄太心里咯噔一下。

"性格阴暗的人都怕暴露，所以嘴上都滔滔不绝。"

"啊，护士小姐，你真讨厌。还当真了，我只是开玩笑的。"

"可你流汗了。"

"我没有。你在说什么呢？"雄太想微笑，脸上的肌肉却很僵硬。

"现在的高中生都很累吧。"

真由美在椅子上坐下来，点上烟，然后跷起腿来，任由大腿露在外面，懒洋洋地注视着自己吐出的烟圈。

3

其他班的一名男生委托雄太一件事，说是要办聚会，让他帮忙做一盘在会场播放的背景音乐带子。

雄太当然答应。他从手头的CD中选了一些轻松的曲子，不够的部分又新买了几张。尽管花去了一万日元，可是能在年级里拓展人脉，他还是很高兴。

在打工的店里，百合要借他的手表戴。

"可以在别处炫耀一下，说是津田君的东西。"

雄太高兴劲儿一上来，收集了大量的 G-SHOCK 系列。他还借给科济一件库存的牛仔衣，让科济崇拜不已："你太棒了。"

伊良部每天发来大量的短信，但过了一阵子就停了，因为雄太教会了他玩交友网站。伊良部在上面装成一名"二十六岁的青年医师"，深受欢迎。

"大家都说想见我，我该怎么办？"伊良部甚至还让雄太出谋划策。雄太当然忠告他"最好是作罢"。

母亲问雄太，在医院都得到了什么建议。

建议？他想都没想过，因为他的脑子里只有逃学。

手机短信依然按照一天两百条的频率继续发送，就像呼吸一样自然，谁也没办法。

这一天是星期六，有三件重要任务。

当天要上半天学，放学后跟初中时代的好友米奇等人观看 J 联赛①，傍晚则跟洋介等人打麻将，同时还有打工店铺的卡拉 OK 大会等着自己。

雄太不想只选其中的一样。人家难得发出邀约，他无法拒绝。

而且，日程填得满满的也是一件令人自豪的事。如果日程表空空如也，他肯定会不安得要命。

对于洋介，他事先说明"你再找一个人，咱们玩'二拨②'"。

---

① 日本职业足球联赛。
② 日本三人麻将的一种玩法。

"你真啰唆。"洋介皱起眉,"那我叫五班的阿哲吧,你不用来了。"

"别啊,我也想打啊。"雄太终于将洋介摆平。

一下课,雄太就跳上公交车直奔电车站。

他给碰头的米奇发条短信"马上赶过去哦"。发现有个未读消息,一看,是伊良部发来的。

(午饭吃的蛋包饭。)

真是个大闲人!这种大人的存在对雄太来说就是一件新鲜事。

正被公交摇来晃去时,旁边一位中年大叔忽然拍拍他的肩膀。

"喂,在车内是禁止用手机的。"

"啊,我只是发个短信。"

"不能有电波,万一附近有植入心脏起搏器的人……"

车上会有那种人吗?雄太差点骂出口来,但看到别的大人也在不悦地看着自己,他只好乖乖地关闭电源,收起手机。

但愿能顺利碰头,他有点不安。约好下午一点在电车站的售票处见面。比赛的门票都是当天买,因此无法在看台集合。

雄太的额头逐渐渗出汗来,他不停地用手背擦拭。那是一种跟平常不一样的冷汗。

怎么回事?他觉得脉搏也加快了,焦虑的心情都快涌到嗓子眼了。

一点在车站、一点在车站……他不断地在口中念叨。

"啊。"他忽然一愣。车站的检票口有两个——东口与西口,他没有问是哪个。

没事,上次跟米奇见面是在东口,如果没有特别说明的话,一定在同一个地方。

雄太打开手机,目光与坐在斜对面的大叔碰到了一起。他咂着嘴又装进兜里。

心情怎么也平静不下来。其实只要用手机联系一下,确认一下就能搞定。

雄太看看手表,时间还很充裕,他决定中途下公交车。

他一下车就用手机呼叫米奇。

可是,对方已经关机。大概米奇也正在公交车上。

"喂,我是津田,是在东口碰头吧,给我打电话或发短信。"他在留言电话中说道。

规定在公交车和电车内禁止使用手机的,到底都是什么样的大人?消息不能传达就没有意义。正因为随时能取得联系,手机才有存在的价值。

雄太再次乘上公交。正盯着手机的待机画面,他又受到了大人的提醒。

"乘客你好,车上禁止使用手机。"

这次是司机开口了,原来他一直从后视镜中看着,真阴险。

雄太不情愿地关了机,握着手机,望了一会儿窗外的景色。

左手开始抖动,嗝儿也涌了上来。

他自己都感到了异常。只是关机而已,就有一种难以忍受的不安。虽然咬紧牙关,可是一分钟都忍不了。

雄太又中途下了公交车,查看短信。

"甜点吃的是巧克力冷糕。"是伊良部的。

啊——他在心里大叫,急得直跺脚。

他决定跑到电车站去。虽然有迟到的可能,不过关机的情况更可怕。

他一面跑一面不断地打电话。米奇的手机依然处在关机状态。

路边有辆自行车,一眼就知道是被撂在那儿的轻便车,车锁早坏了。雄太毫不犹豫地跨上去,骑着车急匆匆地往电车站赶去。

途中在住宅区与一辆巡逻车擦肩而过。他想躲过警察的视线。大概举止中还是透着心虚,巡逻车掉了个头,用喇叭喊他停车。

雄太自然奋力逃跑。巡逻车在后面紧紧逼近。

事情怎么会变成这样?自己既不是阿飞又不是变态,只是一个急于跟朋友见面的高中生啊。

雄太轻易地被抓住了。眼看快迟到了,他就说了实话,说自己擅自借用了弃置的自行车。当然,这种行为似乎不是"借用"了,他被带到了附近的警察局。

他在巡逻车的后座上翻看短信。

(红茶喝的是大吉岭茶。)

雄太泄气了。伊良部是在工作吗？到底怎样才能变成这种大人呢？

在警察局，虽然在他的哀求下，警方没联系学校，不过还是必须联系监护人。

雄太谎称父母都上班，就把奶奶叫来。奶奶打车赶到后，沉着脸说"这事是瞒不过你妈的"。

只要能逃离这儿，事情发展成怎样都无所谓。

雄太急匆匆赶往足球场。赶到时无疑已是结束的时间，但是绝不能跟朋友爽约。自己没有出现在碰头地点，对方一定正在担心。

雄太检查了好几遍手机，既没有米奇的短信也没有留言。即使打过去，对方也仍然处在关机状态。

难不成他们遇上意外事故了？一起来的人都不太熟悉，他不知道手机号。

到达足球场，比赛已经结束，观众正陆续离场。

雄太在正门一旁寻找好友。但在超过一万人的人群里，怎么可能找到呢。

雄太看看手里，一声不响的手机像一只巨大的昆虫尸体。

难不成接收功能出故障了？他甚至怀疑起来。

他给洋介打电话,让他再打过来。来电铃声响起,手机接通了。

"真拿你这个电话狂魔没办法。"洋介明显感到不耐烦，但雄太还是大大地放下心来。"对了，平时去的麻将馆正在装修，就选了阿哲熟悉的一家。我们已经提前开始了，你到附近后给我打电话。"洋介把最近的电车站告诉了他。

雄太决定再次乘电车返回。

在电车上，他看了好几次短信。尽管接收到了短信，但全是没有急事的朋友发来的。

来电铃声响起，他接了电话，是百合打来的。

"今晚的卡拉OK，地点已经定下来了，先告诉你一声。"

光是听一听声音就很高兴。自己的确跟伙伴们联系上了。

"那边能带东西去吗？能带的话，我顺便回一下店里，偷点薯条和司康饼带过去。"雄太不禁滔滔不绝起来。

"咦，为什么不是汉堡啊？"

"如果让百合变胖了，我可就对不起你的男粉丝了。"他连拿手的俏皮话都说了出来，"什么？已经在吉野家吃了三碗？那还不够啊。"百合咯咯地笑起来。进入状态了。"瞎说,想吃酸的？百合，你也太刁钻了吧。"

"喂，吵死人了！"

雄太忽然被人抓住胳膊。回头一看，一个流里流气的年轻男人站在一旁。

"啊，抱歉。"雄太连忙道歉，"那，百合，回头见。"然后关了手机。

"用电话跟女人调情？"

对方有三个人，全是流里流气的打扮。雄太的脸逐渐失去了血色。他环顾一下周围，乘客们都装作没看见的样子。

其中一个男人一把抢过手机。

"哟，挺臭美啊，还是新的呢。"

然后，男人把手机装进了皮夹克的兜里。

到达车站后，男人们径直下了车。

"喂，还给我。"雄太跑下台阶，追到车站外面。

男人们不时回头望望雄太，朝停车场走去。如果这么跟下去，自己肯定会遭到敲诈。本打算看足球比赛，还要玩麻将和唱卡拉OK，所以今天带的钱接近两万日元。

一个手机才十日元而已。算了，再重新买一个。虽然麻烦点，但继续追过去，说不定会挨揍，一旦受伤可就不值得了。

雄太决定逃走，转身跑回车站。他到达终点站后，找到一家电器店，又买了个新手机。办失窃的手续麻烦，他干脆说是遗失了。手续费两千日元，手机一般都是这个价。

手机又变成了新的。以前的号码停止使用，店员给了他一个新号码。

只不过得过了周一才能重新启用旧号码。雄太以前的手机欠费，不缴清欠费，店家就不给办手续。

真倒霉。雄太只觉得眼前发黑。

周一之前的这段时间，没手机可怎么过？雄太的左手又开始哆嗦。

还不如跟流氓们决斗呢。早知道是这样，自己肯定会发挥出难以置信的力量。

雄太冲进车站前的电话亭，想跟洋介和百合取得联系。

可是不知道号码。号码全都储存在了旧手机里，一个都记不住。

只好直接过去了。双方的时间都晚了不少。大家肯定都在担心。

他开始喘粗气，胸口像针扎一样疼。身体状况差到了极点，就连映在眼里的景色都是扭曲的。

雄太乘上电车，到达了洋介等人应该在打麻将的街区的车站。他习惯性地摸出手机，发现无济于事后，不禁皱起眉头。

糟了！自己竟连店名都没问。

雄太等人办事都以用手机联系为前提。也就是说，他没有事先约定碰头的地方。

雄太想碰碰运气，走在商业街上，看到麻将馆的招牌就往里瞧瞧。这是一条学生众多的街道，麻将馆实在是太多了。

要不就去百合那边？总之他想看到熟人。

雄太乘电车来到只有一站之遥的娱乐场所聚集的街道，找到了百合通知他的那家卡拉OK厅。

到底是哪个房间呢？一旦没了手机，连这些都搞不清了。他透过玻璃窥探一个个房间，也没有找到。

他向店员描述百合等人的长相特征。"因为是周六晚上，从傍晚时分起就没有空房间，也有一些人放弃去了别处。"对方礼貌地告诉他。

难道是没房间，他们临时换地方了？本来可以用手机取得联系的……

他生出一股想大喊大叫的冲动。原本打算跟三拨朋友玩，结果谁都没碰上。

他急中生智，试着用公用电话跟米奇的家里联系。米奇是老朋友，固定电话的号码也记住了。

"喂，雄太，今天怎么样？"接电话的是米奇本人，语气很悠闲。

"抱歉没能去。当了回小偷，让警察给抓住了。"

"这么惨啊。"电话另一头的人笑起来。

"我给你打了好几次电话，还发了短信。"

"抱歉抱歉。我今天忘记带手机了。"

雄太哑口无言。都这样了还能在外边逛来逛去？还能心平气和？

"比赛怎么样？"

"去看了啊。你没来，就跟学校的朋友一起看的。"对方淡淡地说道。

就没有担心过自己？

"你起码给我发个短信也好啊。"雄太抗议道。

"我刚才不是说了吗，手机忘带了。"

"那你就不会借一个？"

"你发什么火啊。不就是没见上面吗？"

"不就是……"

"下次一起去不就得了？"

米奇始终毫不在乎，轻松得犹如忘了一把塑料伞一样。

雄太挂断电话，又在大街上游荡起来。他竖起呢大衣的领子，往指尖上哈气。

明明手机都没有用了，他还是紧紧地握在手里。

今天已经见不上洋介和百合等人了。爽约的歉意和只有自己一人没玩成的焦虑让雄太十分消沉。

脑袋感到一阵钝痛，内脏也翻江倒海。雄太停下来，往沥青路上吐了一口。一股酸味涌上喉咙，眼里渗出泪来。

手机直到周一才能再开通，这期间无法跟伙伴们取得联系。一想到这些，雄太就仿佛被伙伴们抛弃在宇宙中一样，孤独极了。

4

发短信的次数一天超过了三百次。雄太一刻也离不开手机，上课也丢在一边，只顾着按手机键。

上周的周六，他跟朋友们约了三件事，结果一个人都没有见着。

联系不上别人是多么令人心慌的事。

更大的打击是爽约的对象竟全不在意这件事。不只是米奇，洋介和百合也是这样。

周日早晨，他打电话把没能过去的事情解释了一下，并向洋介道歉，洋介却毫不在意地说："啊，没事的，有五班的阿哲呢。"

"阿哲这家伙，给我干了个'役满①'，下周我绝对要复仇。"

听他的口气，新增加的牌友让他十分高兴。

百合似乎仍在睡觉，用含混不清的声音勉勉强强地回了一句："没事，这种事用不着专门道歉。"

"我没去，你就不觉得寂寞吗？"

即使雄太调侃几句，对方也只是冷冷地敷衍道："科济把私立学校的同伴们都带来了，挺好玩挺热闹的。"

雄太最受打击的是洋介和百合连短信都没给自己发过。

"昨天傍晚，我的手机接不通了。"

雄太为联系不上道歉，结果两个人都只回了一句"啊，是吗"，完全无动于衷。

拼命想取得联系的只有雄太自己。他们没有把雄太当回事，各自享受着生活。

本以为自己是重要的成员，其实并非如此。一直给人家发送

---

①麻将中的大牌，通常指满贯的四倍，有大三元、四暗刻、国士无双等。

短信，结果人家根本没把自己放在心上。

一瞬间，雄太想放弃，还发什么短信啊。可是停手不发的恐惧感却更强烈。即便是一厢情愿，也要继续发，否则自己的存在一定会被忽视。

"喂，都是一个班的，用嘴巴说不就得了？"

"我说，每天放学后不是都见面吗？"

父亲则训斥说"你就是手机依赖症"。

尽管如此，雄太仍无法自拔。除了睡眠时间，每天至少有十六个小时都耗在手机上。

"已经玩腻了。"

伊良部像个孩子似的说道。正纳闷最近怎么连伊良部都不发短信了，没想到他的手机全都耗尽了电量，正躺在抽屉里。

"不管是交友网站上的人还是短信朋友，想一想，就觉得见面很麻烦。"

"可是增加了邂逅的机会，这不是挺好玩吗？"雄太反驳说。

"那么麻烦，我就是不想见面。"

"大夫，你就没有朋友吗？"

"嗯，没有。"伊良部淡然地说道。

雄太本来就觉得伊良部不会有朋友，不过听到他坦然承认，却很吃惊。最起码雄太的周围没有这种人。如果被人问一句"你有朋友吗"，他肯定会生气地回答"有"。对一个十多岁的孩子来说，交际关系便是自身存在的证明，如果只有自己是孤立的，会非常害怕。

"那休息日里，大夫干什么呢？"

"最近迷上了塑胶模型，田宫 1/35 战车系列，同时在制作虎式坦克和隆美尔坦克呢。呃呵呵。"

伊良部眯缝着眼睛。雄太深深地叹口气。

"其实，我爸也说我是手机依赖症，难道真是这样？"

"嗯，"伊良部缩缩脖子，抱起胳膊，"也许吧。不过有什么不好呢？又没有实际的害处。"

"哦……"

"如果没有实际的害处，就不去管它，我就是这种原则。"说着，伊良部开始抠鼻子。

有实际害处，它会逼着人花钱的。

又到了打针时间。真由美依然不冷不热，针也打得很随意。雄太觉得一次比一次疼。

"护士，你有朋友吗？"雄太揉着胳膊，不由得又问起来。

真由美慢慢抬起头。

"没有啊。"跟伊良部一样，她若无其事地说。

可是，真由美和伊良部不一样，她是个年轻女人，正是想跟伙伴们厮混的年纪。

"那你不寂寞吗？"雄太仔细看着对方的脸色问道。

"寂寞啊。"真由美当即回答。

"那为什么不……"

"一个人多好，自由自在。"真由美扭扭头，然后直直地看着雄太。

"你，其实并没有朋友吧？"

"怎么会呢。"雄太瞪大眼睛，噘起嘴，"一大群呢。比如这个周六，我们就约好见面。"

"是吗，那还不错。"对方冷笑了一下。

无论伊良部还是真由美，他们真的不在乎没有朋友吗？他们为什么能堂堂正正地说出"没有"呢？

圣诞节临近了，雄太的日程表中并没有计划。高中生很少跟恋人出去住，不过，每个人也都有约会。

洋介似乎和女子商学校的女孩们开派对，信平和尚也早与人有约了。"对方毕竟是四个人啊。"雄太穿过走廊时，听到三个人正好在商量。"喂，津田。"他期待着对方这样招呼自己，可是一直没有等到。

百合她们计划去滑雪旅行。正好赶上寒假，她们似乎想参加一个两天一夜的大巴旅行团。女孩们在打工店铺的休息室商量时，被雄太不经意间听见了。

这些人也没跟雄太打招呼。较之洋介的活动，他更想加入百合一伙。毕竟滑雪旅行更花哨，更容易在别人面前显摆。

打工结束后，雄太留在休息室，想若无其事地加入百合等人的谈话。

"我上次买了 Mr. Children 的新曲唱片，如果想要的话，我给大家复制一下。"

"真的？谢谢。"

"宇多田光的专辑也买了，一块儿给大家复制。"

"谢谢。"

对话并没有继续下去。雄太看到其他女孩给百合使眼色。

"我回去了。"百合说。

"喂，要不现在去唱卡拉 OK？"雄太提议。

"可是马上要到定期考试了。"

大家全走到外面，朝车站走去。雄太仍努力地跟百合她们搭讪。不过，人家并不理会他。

"喂，百合。"一个男孩的声音从前面传来。只见科济正在车站前的喷泉广场使劲挥手，身后站着几个身穿私立学校制服的男高中生。

"在麦当劳的二楼见。"

科济用滑雪杖做出滑雪的手势。一瞬间，百合的脸僵住了。

啊，原来如此。雄太终于明白了，原来百合她们要跟私立学校的男生去滑雪。

"咦，津田也参加圣诞滑雪旅行吗？"科济问。

百合陷入尴尬，不知如何回答。

"哦，原来你们要去滑雪啊。"雄太轻松地说道，"虽然我也想去，不过去不了，我已经跟人有约了，圣诞前夜要跟女子商学校一起联欢呢。"

百合等人的脸上这才露出安心的神色。

"啊，津田君，你可真有两下子。"百合露出洁白的牙齿。

"再见。"雄太轻松地摆摆手，离开现场。

北风呼啸，雄太把围巾像口罩一样围在脸上。

他成了孤家寡人，掏出手机打给洋介，对方立刻就接了。"喂喂。"话筒里夹杂着麻将牌敲在桌子上的声音。

"洋介，你在麻将馆吗？"雄太顿时兴奋起来。一问，信平和尚也都在。能跟好友见面，不管什么时候都让人高兴。

"打工刚结束，我也去。"

"啊，好啊，"洋介却停顿了一下，说，"那就玩'二拔'吧。"

剩下的一个人是谁呢，雄太心想。过去一看，居然是五班的阿哲。"哟。"他笑着抬手打招呼。

"谁赢了？"然后，雄太坐在一旁跟他们搭讪。

"阿哲啊。这小子，我饶不了他。"

"又是'役满'啊。而且还是双的。"

"把身体出卖给恶魔的人就是厉害。"

三人纷纷骂着阿哲,虽然听起来很可憎,却很有趣。

"毕竟获胜的人才有优先权。"阿哲说。

"什么意思?"雄太扭过脸问。

"跟女子商学校的联欢啊。哼。"阿哲一面码着牌一面咕哝。洋介等人的表情阴沉起来。

原来如此。受邀的不是自己,而是阿哲。

"啊,那个,"洋介挠着头开了口,"因为目前还是四对四。如果方便的话,再让对方找一个……"

"啊,算了。"雄太摇摇头,"是在圣诞前夜吧。我跟打工的店里的女孩们去苗场滑雪旅行,要住一晚上。"

"喂喂。"信平和尚也的表情顿时放松下来,"居然背着我们去偷吃蜂蜜啊,你小子。"说着还朝他做出飞踹的动作。

"没错,不好意思。"

雄太装得十分轻松自然。他把目光转向手机,假装查看短信。

"大夫,我胸口那儿很难受。"雄太逃课去了医院。

雄太诉说着症状:一看手机就喘不上气,还断断续续地打嗝儿。

"我很不安。要是没收到短信,或是手机铃声一小时不响,我心跳就会加快。"

"那就把手机扔掉。"伊良部悠悠然地说道。

"不行啊。那我怎么跟朋友联系呢?"

"联系什么啊，就算联系不上也死不了人。"伊良部拔着鼻毛。

"这叫什么话……"雄太表情扭曲。

"我说，现在秋叶原正在搞塑胶模型展，要不要一起去看看？两个人的门票还能打折。"

"下午的课怎么办？"

"如果想早退的话，诊断书你要多少，我给你开多少。"

伊良部笑着说。雄太连反驳的力气都没有了。

雄太坐着伊良部的豪华保时捷在大街上疾驶。沿路的建筑物都挂着圣诞装饰，整个市区像在等待着快乐降临。

会场早已被痴迷者淹没。学校里也有这种家伙，平时都是乖乖地躲在墙角。

伊良部赖在战车模型的展区前不走，眼神就像个孩子。

"这个，我计划下次再做。"

"哦，是吗？"雄太不知该如何回答。

两个人来到广场，眼前有一个抽奖的地方，正举行活动。如果门票号码对上了，就能领取限量版的模型。

中奖号码被宣读出来。"啊，是我。"伊良部大叫。

"太棒了。"雄太冲着他微笑。但不知为何，中奖者却有两个，另一个是被大人领着的小学生。

伊良部和小学生一起登上领奖台。主持小姐连忙和工作人员窃窃私语了一会儿，然后向伊良部低头致歉：

"抱歉,由于我们的失误,好像发行了两张重号的门票。不好意思,能否请您发扬风格让一下?"

"凭什么?"伊良部噘起嘴,"你们犯的错误,凭什么要让我来承担?"

"啊,抱歉。因为奖品都是限量商品,只有一件。"

"既然这样,那我就更不能退出了,因为我也想要。"

"那个,您是想送给孩子做礼物吗?"主持人小心翼翼地问。

"不,是我自己玩。"伊良部坦然地回答。

主持人为难地皱着眉,脸上浮出僵硬的笑容,小声说:

"这儿都是低年级的小孩子,您如果能退让一下的话……"

"不行。"

"我们会另外给您准备一份薄礼。"

"我就要限量品。"伊良部毫不退让。

"大夫。"雄太实在看不下去,低声说道,"你让一下不就行啦?"

"不行。既然只有一个,那就应该通过石头剪刀布来决定。"

"这算什么,你可是大人啊。"

"大人也不行。"

小学生不安地抬头看着伊良部。主持人无计可施,而且抽奖活动还要进行下去,只好用石头剪刀布决定。

"小朋友,你愿意吗?"主持人满怀歉意地征求小学生的同意。

石头剪刀布!

伊良部赢了。他举起双手,满面笑容。小学生在一旁哭起来。"怎么连个大人样都没有。""快让给那小孩吧。"观众们纷纷议论。

伊良部却毫不在意。"看、看!"他拿着奖品朝雄太走来,"这东西肯定很值钱。"

望着伊良部开心的笑脸,雄太想,这家伙从来不去想自己是讨人喜欢还是讨人嫌。他像孩子一样,做事从不迎合别人,因此谁都不在乎。

真羡慕伊良部的天真。在当今世上,这俨然是最强大的武器。

圣诞前夜的晚上,雄太独自在大街上溜达。如果待在家里,万一有人打过电话来,自己没有约会的事就会露馅。

他头一次把手机设成了留言电话服务,决定不接电话。

尽管肚子饿了,也不能去麦当劳或吉野家。如果独自去这些地方,就会被人看作孤独的年轻人。他抱着饿扁的肚子,游荡在霓虹灯下。

出于习惯,他手里仍紧紧地握着手机,眼神始终在寻找显示屏上有没有收到短信的提示。

提示信号闪烁起来。在这样的晚上,会是谁发的呢,一看,是伊良部的短信。

(从帝国大酒店订了圣诞蛋糕。)

又来了!雄太一声叹息。

(草莓很大,我很满意。)

真是个奇怪的大人,他本该穿着圣诞老人的衣服给孩子们送礼物。

(妈妈给了我一件爱马仕的睡衣。)

雄太被打败了。这样的人居然还能成为医生?

由于闲得无聊,雄太也发起短信来。

(我正坐在跟女子学校的女孩们去滑雪场的大巴上。)

结果,他立刻收到了回信。

(喂喂,发张照片看看。)

完了!科学进步后,连谎都撒不成了。

(抱歉,刚才是瞎说的。)

反正是岁数差了一大截的人,他就说了实话。

(没事干,正一个人在大街上闲晃。)

他似乎有一种把心里话都吐出来的感觉,心口也微微透进了一缕微风。

(我好像也没有朋友,或许阴暗的性格已经暴露出来了。)

心里话源源不断地倒出来。不知为何,雄太觉得心情变坦荡了。

(上初中时,我性格老实,交不到朋友,甚至拒绝上学。上高中后,为了改变自己,结交朋友,我一直装得很活泼。可好像不行,强扭的瓜是不甜的。)

已经尽力了,每天都在自我伪装,看别人脸色度日,真的是累了。

伊良部回了短信。

(我让伊势丹送了只烤火鸡。)

喂!这家伙有没有在听别人说话?!

(加拿大产的正宗火鸡。)

所以,就算没朋友也无所谓。

(看上去很香,给你发张照片。)

过了几秒,图像发送过来。只见一张像诊台的桌子上放着一个盛着火鸡的盘子,地点似乎是伊良部医院的诊室。背景里还能看见真由美,正朝着镜头做V字手势,另外还有很多人。

雄太特别想听听人的声音,拨通了电话。

"因为是圣诞前夜,无聊的住院患者都凑过来了。"伊良部用悠闲的语气说,"怎么样,津田君也要住院吗?"

真由美也在电话那头说了一句:"有空就过来。"声音一如往常地冰冷。

"可以吗?"

"如果想挨一下打针的滋味的话。"

"问你一个问题可以吗?"

"什么?"

"真由美小姐,你有男朋友吗?"

"没有。"

"我不行吗?"

"我不和小孩交往。"

她当即答道。不过,雄太仍然很愉快,继续和她聊下去,并没有觉得失望。

"你理想中的男朋友是什么样的人?"

"没有朋友的人。我不喜欢和一大群人玩。"

圣诞节快乐。雄太对着夜空自言自语。

冬天的星星比夏天更亮,发出凛凛的点点星光,就像勇敢地守卫着孤独城堡的北国美女一样。

坐立不安

1

图书馆阅览室里,现场采访记者岩村义雄在一本精神医学方面的书中找到了"习惯性地确认行为"一语。"就是它!"他不由得倏地站起来。

周围的学生莫名其妙,都朝他看来。义雄回过神,红着脸微微干咳了一声。

他做了一个深呼吸,把目光落到书页上。那是一个叫"强迫症"的条目。

荒谬的想法与自己的意愿相悖,反复在大脑里出现,即使自己想停止,也无法让它停下来。这说的就是自己的情况。

习惯性地确认行为给社会生活带来妨碍——自己最近的日常生活正是如此。

他额头渗出汗,心跳也加速起来。虽然一直怀疑是这种情况,但既然冠上了这种病名,心里就更没底了,仿佛自己被宣判了什么似的。

从三个多月前开始,他一直担心香烟是否熄灭的事。离开居住兼工作的公寓时,义雄的大脑里就会忽然产生一个疑念:我是不是好好把烟给灭了啊?他往锁眼里插钥匙,身体深处涌上一种莫名的不安。

他再次返回房间,查看书房桌子上的烟灰缸。香烟的确熄灭了。当他再次出门时,疑念却又一次袭来。写字台上的文件和书堆积如山,万一火没熄灭,会立刻引燃。他便再度返回房间查看。

第二次,他把烟灰缸拿到水槽里,还仔细地盛满了水。尽管如此,一出大门,他依然变成了不安的奴隶。万一还未完全熄灭的香烟从烟灰缸里掉出来,混到文件堆里怎么办?那火种会不会正在乱糟糟的书房的某个地方冒烟?想到这里,焦虑的情绪充斥着他的大脑,出一次门要花很长时间。

起初,从外出前半小时起,他就停止吸烟。

即便如此也没有效果。因为他知道,香烟的火种很顽强,如果落到坐垫之类的东西上面,需要耗费几个小时才会起火。

因此,他留意起房间的整理和整顿情况。屋内很杂乱,他胡乱猜测哪些地方会掉上烟头。

这也没能长久坚持下去。他三十三岁还单身,就是因为私生活太懒散,他的勤劳全都投入到了工作中。一个连垃圾都不好好倒的男人，怎么敢奢望他每天打扫卫生。

义雄每次外出，都担心火的处理问题，五次六次地反反复复返回房间检查。他一面望着完全泡在水里的烟灰缸，一面自言自语"哪里会有起火的可能呢"，可一旦走出大门，他心中又会生出无法忍受的不安。

如此这般，上个星期，他甚至没有赶上飞机。

当天，他决定不吸烟，事实上也照做了。可是，昨晚的烟蒂却一不留神装进垃圾袋了，没有泡到水里。

因此出门之后，妄想又膨胀起来。火种会不会正在那袋子中冒烟呢？

一想到这些，最坏的场景就浮现在大脑里，让他坐立不安。去往机场的单轨电车中，他越想越难以忍受，幸好中途从最近的车站回家了。当然，回到家一看，等待他的只有空无一人、一片狼藉的房间。

义雄上班时也开始走神，他害怕起自己的异常来。

无论如何，这也太奇怪了，自己的行为太不正常。

他尝试了好多次戒烟，都没有成功。一天抽四十支，十五年来的账单是很难还清的。戒烟不是根本的解决办法，不合常理的行为才是问题关键。

出于职业习惯，义雄开始研究自己的病情。他在图书馆里搬出一堆医学书，最终找到了"强迫症"这种疾病的名字，症状是习惯性地确认行为。

既然这样，能做的事情就只有一件了——去医院接受治疗。

义雄之所以选择这家医院，是因为它位于每天上下班乘坐的私铁沿线。整洁的大楼也让人心生好感。看到"伊良部综合医院"的大牌子，他觉得既然是综合医院，肯定会有精神科的，便进了门。那儿果然有精神科，可不知为何却设在地下。

义雄敲敲门，里面立刻传来一个旅馆迎客般的清脆声音："欢迎光临。"义雄推开门走进诊室，只见一位白白胖胖的中年男人正坐在单人沙发上，笑容满面地迎接他。

"来，先打个针。"医生张开双手，站起来。

"啊？"义雄下意识地伸着头，皱起眉。

"最近这阵子，上面的家伙都不给我们转患者，这儿已经有两周没打针了。"胖医生张着鼻孔，"内科也太死心眼了，明明跟他们说过，要把所有感冒都说成心身病症。"

义雄傻了眼。这个人是怎么回事啊？

医生白大褂的名牌上写着"医学博士 伊良部一郎"。

"真由美，今天就来个静脉注射吧。用最大号的针头。"

伴着声音，一位超级性感的年轻护士从帘幕后面现身，她态度十分冷淡，还懒洋洋地挠着脖子。

"啊，真高兴。这一周要是没患者来，我都打算去上野公园给伊朗人看病了。"

伊良部医生自言自语。义雄自然是丈二和尚摸不着头脑。转眼间注射准备已做好，义雄左臂的静脉被扎上了一个手电筒大小的注射器。

伊良部目不转睛地盯着针管扎入皮肤的情形，满脸涨红，鼻孔一张一合。

"疼疼疼！"义雄不禁叫起来。针管这么粗，肯定很疼。

义雄看看护士。护士正沉着脸，贪婪地嚼着口香糖，白大褂开着衩，露出白花花的大腿。

这儿是……医院？现实感忽然变得模糊起来。

"近期要常来复诊。"伊良部喜笑颜开地说，"诊费我会给你优惠的。"

义雄越发说不出话。伊良部活脱脱就像一头北海狮，连长没长脖子都很难看出来。

"根据预诊那边转过来的情况，你是强迫症吧？"

"……啊，是的。"义雄这才终于回答一句。

"真是稀奇，居然还有人自己诊断后过来……"

"是吗……"

"一般来说，跑到精神科来的人都会陷入恐慌，三个人中会有一个连裤子都忘了穿。"

说着，伊良部开始蹦蹦跳跳。"一二三四、一二三四……"他居然在诊室中间模仿起了广播体操的动作。

"听说你是现场采访的记者？"伊良部下巴上的赘肉跌宕起伏地晃着，"所以连自己的事都调查了？"

"啊，是的，因为调查就是我的工作。"

"那么，治疗方法肯定也知道了。呃呵呵。"伊良部依然继续做广播体操，还用手扶着腰往后仰身子。

"……那个，大夫，能不能坐下来说？"

"啊，是啊。抱歉、抱歉。好久没打针，现在身体都一下变轻松了。啊哈哈。"

伊良部终于坐下，满脸冒汗，用病历当扇子扇起风来。这家医院可靠吗？义雄心中的不安越发浓重。可既然都来了，只好任人摆布。他强打精神，决定把目前的情况说明一下。说话是自己的职业工具。义雄理了理思路，提炼了一下语言，开始清晰地介绍自己的症状。他自己都觉得解释得很到位。

"岩村先生，你太棒了。"伊良部很佩服，"说自己发疯的人真稀罕。"

"发疯？大夫……"义雄听了这种说法，十分生气，"我希望能做做精神辅导。"

医学书上说，这种病症与焦虑症不同，很难用药物治疗，一般都是在专业医生的指导下进行精神疗法。

"精神辅导？"伊良部皱起鼻子，厌恶地说，"你说的这个没用。"

"没用？"

"无非是成长过程如何、性格如何之类。成长经历和性格都没法治，所以听了也没用。"

"怎么会……"义雄哑口无言。看精神科医生可是生来头一次，结果怎么会这样？

"还是说，你有什么事情想坦白？"

"没有。"

"既然这样，那不就得了？"伊良部坐在沙发上，勉勉强强地跷起短腿。义雄只好坐在凳子上。

这难道也是治疗的一环？义雄甚至这样想。

"你告诫自己不要在意，本身就是在意了。这样就等于在原地兜圈子。"伊良部把两手搭在脑后，笑着说。

"那，我该怎么办……"

"你是担心香烟的火吧？如果买个火灾保险的话，说不定就能将错就错戒掉了。"

"可是，这种感觉……"义雄想不通。

"香烟戒不了，是吧？"

"嗯。"

"既然这样，就停止用烟灰缸，改用装水的桶之类。"

哦？义雄豁然开朗。这倒是一种排解情绪的十分现实的处理方法。医生肯定还有更有见地的精神方面的指导。

"或者,你也可以尝试一下不回家。"

"啊?"义雄猜不透这话的意思。

"岩村先生,反正今天都已经出门了,家里大概也没着火,对吧?所以就这样别回家,你的房子自然就可以保持安全状态。"

这到底是好主意还是馊主意?

"既然你每次出门都会担心,那你干脆要么不出门,要么不回家,这样问题不就解决了?"

"嗯。"义雄暗叫一声,医生的突然袭击让他的大脑一时反应不过来,"总之,我先试一下装水的桶。"

"好啊。反正强迫症也没有特效药可治。干脆出门前往房间里洒上水也行。啊哈哈。"

对方的大笑让义雄很不愉快。看来伊良部是一位相当奇怪的医生。

"对了,岩村先生,你这现场记者专门负责什么呢?"

义雄清了清嗓子。"我做的主题姑且称为'弱者的视线',就是去揭发政府机关和大企业的不法行为,维护弱者的社会利益……"说着说着,他甚至觉得有点自豪。

自己不辞辛劳的采访能力得到肯定,甚至还为综合性杂志撰写署名文章。将来发行单行本也只是时间问题。自己跟商业记者不一样,这点自信还是有的。同龄的记者们都对编辑言听计从,写的全都是自吹自擂的新闻。自己才是真正的媒体记者。

"啊,既然这样,那边拐角有家房地产商,把附近的单间公寓全改成了夜总会的宿舍。女招待还情有可原,可里面住的全是些下流的男店员。你要不要口诛笔伐一下?"

"啊,这种邻里纠纷……"义雄皱起眉。

"那我把铁路对面那家医院的违法勾当举报给你,你去敲打一下那边?"

"呃,你说的是骗保之类吧?"

"这个我们也在搞啊。他们那边以'夏威夷旅行'为幌子招护士,结果连热海都没领人家去过。"

义雄望着伊良部,对方看起来不像是开玩笑的样子。

"明天再来啊。"伊良部说。

"好的。"义雄不由得回答一句。

认了吧。医学书上也写着没有特效药,一想到去大医院要等上两个小时,还不如这儿呢,起码没有那么多人。

离开医院后,义雄用手机给家里打电话。这是他最近的一个毛病,多的时候一天能打五次。

留言电话的应答讯号传过来。电话机还活着,至少自己的家没有完全烧毁。

最初,他觉得只要有应答声就安心了。可有一次,他忽然想到也有可能是烧了一半,只剩下一部电话机,这样一来,能确认的只是房子没有全烧光。

大脑中轻易地浮现出一种情景：被烧掉一半的公寓房间内，只有电话铃声在响。

他心绪不宁。自己也知道这很荒谬，却无法停止这种不安的想象。

义雄在车站大楼的咖啡厅跟编辑碰头商量了一下工作。有家面向年轻读者的杂志委托他搞人物报道的连载。对义雄来说，这是个拓展人脉的好机会。

"岩村先生，你不觉得这个人选有点太土了吗？"

比他小五岁的木下看着"年轻的领袖人物"的企划书说。

"怎么会呢。这个人可是年轻的人权派律师，那个人是克服身体残疾出道的歌手。"

"就算是歌手，也是唱些晦暗的民谣吧？我所说的领袖人物是更光鲜的人，指的是涩谷那种具有超凡魅力的DJ，或者是IT行业的青年实业家之类。"

"这类人，任何一家杂志都在做。我想传达给十几岁二十几岁的读者：在我们这个社会上，居然还有一些从事这种活动的人。"

"嗯。"木下抱着胳膊沉思起来，"总之，我先跟编辑部主任商量一下。"

"还有，采访至少得花两天时间，经费方面就拜托了。"

"什么，不会吧？无非一页纸的报道。聊两小时左右，再拍个照片不就搞定了？"

"那个,我可不是这样干活儿的。"

义雄晓之以理。木下确实具有面向年轻读者的软派杂志①编辑的范儿,他拢一拢褐色的头发,嘟着嘴说了声"知道了"。

工作重在开始,最好事先声明"我可不是任人摆布的记者"。

临回家时,义雄在商业街的五金店买了两个桶。

回到公寓后,他装上半桶水,把两个桶放在寝室和起居室兼书房这两个地方。

他试着抽了一支烟,然后把抽完的烟蒂扔进桌子下面的桶里,咻地一声,火熄灭了。

这样就没问题了。火从这里着起来的可能性为零。

他在房间里整理了一会儿资料,为了出去吃个已经过点的午饭,决定离开房间。

无意间看看桶。被烟油弄浑的水面上,几根漂浮的香烟纸卷早已散开,变得面目全非。他觉得有点恶心。

火不会从这儿起来,可是弹烟灰的时候,火星很可能飞散到周围。

义雄检查桶的周围和散落在地板上的杂志及文件,看看有没有烧焦的地方。不安的心情逐渐涌上来。

荒唐!他自言自语:就算火星飞散,也不可能着火。

---

① 以文化、文娱为主要内容的杂志。

义雄把心一横走出房间,关上门,深呼吸一下。当他把钥匙插入锁眼时,竟下意识地屏息凝神。

要不再确认一下?就一次!他返回房间检查桌子周围。

一旦这样,又不行了。他反复几次出门后再回屋,最终放弃了外出。

他决定叫比萨外卖。最近,他一周至少要这样吃三次。

义雄深深地叹了口气。要不干脆雇个看门的?如果有个老婆,那就没什么可说的了。

不戒烟的话,就无法外出了。他再次认真地考虑要戒烟。

2

"那么,今天是怎么出来的呢?"伊良部用手指拨弄着下巴的赘肉,犹如教祖一样盘腿坐在沙发上。

"当有事外出时,我从早晨开始就不吸烟了。"

义雄痛苦地诉说。就算伊良部这样的怪人,也起码是一个难得的倾诉对象。虽说打针很疼,可除此之外自己还能找谁说说话呢?

"不过,外出时依然很痛苦,老是担心昨晚的烟蒂是不是正在某处冒着烟——"

"嗯。不过我得事先声明一下,我是不喜欢出诊的。"

"我并不是想让大夫出诊。看来,只有戒烟才是先决条件了?"

"唔。"伊良部干脆地摇摇头,"这只是一个表象而已,就算你把烟戒了,如果下次担心煤气总阀,强迫观念又会转移到那儿。"

"煤气总阀?"

哪壶不开提哪壶!义雄只觉得一股似痒似痛的奇怪感觉掠过耻骨。厨房的煤气总阀……并没有关上。自打开始单身生活后,他从来没有关过一次煤气总阀,甚至都没有在意过它。

搬到现在的公寓已经三年了,自己从未检查过煤气灶具。橡胶部件硬化开裂的可能性也很大。

"大夫,请您不要说这些奇奇怪怪的事。"义雄发出悲惨的声音,"我又忽然担心起煤气总阀来了。"

"以前我也跟你说过,入火险了没有?"

"我想房东肯定入了。签合同时,我们都入了家具保险。"

"那不就得了。不用担心。"

"可问题并不在这儿,一旦发生火灾,会给很多人带来损害。"

"彼此彼此嘛。毕竟火灾不会从地球上消失。"

这都是哪门子逻辑?义雄只觉得有点头晕。

"大夫,今天就到这里吧。"

"这么早就走?才刚来,喝杯茶再走吧。喂,真由美。"

护士不耐烦地在房间一角抬起头。

"患者先生,您最好去确认一下煤气有没有泄漏。"

护士粗鲁地说。

这都是什么护士啊。明摆着要给自己的不安火上浇油!

义雄再也坐不住了,腾地站起来。

"岩村先生,等一下。"义雄被伊良部叫住,"铁路对面那家医院,床位数量好像作假了。啊,虽然我们这边也这么搞,可对面居然多说了两成。他们也够胆大的,你得揭发他们才行。"

"我现在哪儿还顾得上这个。"义雄甩开手,朝门口走去。

"如果曝光的话,我给你一百万。"

义雄没有工夫理他,从医院来到大街上,拦住一辆出租车急忙往家赶。

煤气正咻咻地从开裂的橡皮垫圈中不断泄漏,这情形清晰地浮现在脑海中,他连膝盖都在发抖。

为什么会想象得如此具体?义雄都想哭了。

他从车窗里盯着自己家所在方位的天空,并没有看到火灾的烟雾。

回到家一看,眼前仍是那个一如从前的空荡荡的房间,昏暗而杂乱。疲劳顿时涌上来。

义雄打开窗户,换一下房间的空气。他从四楼的阳台俯视着城区,不禁叹一口气。

这样下去肯定不行,长此以往,每次外出都会陷入恐慌。

他无意间朝对面的香烟店望去。那里有一位年龄跟他的母亲相仿的大妈在看店,他每次都成条地从这家店买烟。

义雄走出房间,朝香烟店走去。

"打扰一下。"他压低声音打招呼。

"欢迎光临。"大妈咧开嘴,露出洁白的牙齿。虽然没说过话,不过义雄是眼熟的顾客。

"其实,我想求您点事。"义雄放低姿态,"能不能告诉我一下这店里的电话号码?"

"啊?"大妈诧异地皱起眉。

"我会经常从外边打电话来,您能不能告诉我……"义雄回头朝公寓努努嘴,"那公寓有没有着火?"

大妈沉默了,盯了义雄一阵子,往后拉了拉椅子。

"啊,那个,我给您解释一下,"为了避免尴尬,义雄堆起笑脸,"我很担心房间里香烟的火有没有处理好、煤气阀门有没有关,担心得不得了……"

大妈朝里面一回头。"佐代子,你出来一下。"

"那个,您能不能听我稍微解释一下?"义雄的汗顿时冒了出来。

一个三十岁上下的女人从里面出来。"妈,怎么了?"

"这个人好奇怪哦。"

两个女人朝义雄投来警惕的目光。年轻女人小心翼翼地关上窗户,窗玻璃上映出义雄的影子。

他感到无地自容，离开香烟店。进了公寓的电梯，他才回过神来，不禁脸上发烫。

真是管不住自己的嘴，怎么能说这种话呢，简直不正常。附近肯定会流言四起。

他抱着头，这下真正体味到了发疯的滋味。

义雄说服了木下编辑，自己决定人物报道的人选。第一期是一位流浪诗人。

"咦？这种人可靠吗？"

身穿意大利衬衫的木下皱起眉。

"那我问你，你希望做一份什么样的工作？"

"我？肯定是有趣的工作喽，像海外度假区的采访啦、新产品的介绍啦。最羡慕那种信息栏目的负责人了，电影免费看个够，CD样品盘随便拿。"

木下用手拢着两鬓的头发。义雄决定以年长者的身份给他几条建议。

"你啊，能不能长点志气。赚外快会被人贬低的。只有对社会有用，才是一名堂堂的社会人。"

"讨厌，岩村先生，说起话来像教训人的大叔一样。你有没有女朋友啊？"

"不要打岔。"

信息杂志的编辑就是轻浮,就是随意。

采访是在代代木公园进行。对方是个不到三十五岁的流浪汉,在原宿车站前往明信片上写自己作的诗,以一百日元的价格卖给女高中生。

> 现在,我眼前的你,
> 是如此容易被人误解。

"岩村先生,这家伙是个骗子。"木下压低声音。

"你知道什么。他在一些女高中生中很有人气呢。"

"那不就是骗小孩子吗?"

"闭嘴。我讨厌你这种世故的思想。"

义雄让木下闭嘴后,开始了采访。这个男人尽管是流浪汉,打扮却很整洁,头发和胡子也修得整整齐齐。

"我呢,其实就是带着一种向企业体制的社会举起反抗旗帜的意味,带着一种积极的动机变成流浪者的。"说着,男人嘴角浮出微笑,"总之,我不想做现在这个社会的俘虏。人就要活出人的尊严来——"

义雄同意这番言论。男人不卑不亢,反倒为拥有自由之身感到自豪。

"我也希望十多岁的孩子们明白,其实,念大学进企业并非人生的全部。我们也可以不去竞争。"

木下拽拽义雄的衣服,把他拉到稍远一点的地方。

"干什么?这样对待采访对象很没礼貌。"义雄瞪着他。

"什么礼貌不礼貌的,现在都二十一世纪了。乌七八糟的,这都什么跟什么啊,那个满手油污的家伙的人生论……"木下瞪大眼睛说。

"这反倒让现在的年轻人觉得新鲜。要不他怎么会有人气?"

"任何一个时代都有傻子,仅此而已。"

"你怎么会有这种陈腐观念……"

"这个真的能做报道?"

"当然。"

木下摇摇头,不断地叹气。

"岩村先生,你太认真了。"

采访花费了两个小时。男人滔滔不绝,还说最好要出版诗集。木下则在后面怄气。"不管了。"他朝着阴沉沉的天空吐烟圈。

现在,义雄每天都去伊良部医院。他也去过其他医院的精神科,结果候诊室里全都是患者,哪能正儿八经地看病。

"喂喂,岩村先生,铁路对面那家医院,你总得想想办法才是。"伊良部说。

即便是这样的医生也无所谓,反正义雄就是想找个人好好聊聊。

"你还有时间说这个。大夫,托你的福,我不仅是香烟的火没弄好,反倒增加了一个煤气阀的问题。你说怎么办吧?"

义雄抗议着。他从"东急HANDS"买了新的橡皮垫圈,换上后,还是无法消除内心的不安。

"所以啊,火灾都是彼此彼此的。"

"你怎么能这样想呢?"

"那你今天怎么样?不是也没有感到不安吗?"

"没办法,出门时我只好从外面把煤气表阀门关停了。这样煤气不就进不了房间了吗?"

他的确是这样做的,尽管很麻烦,不然他会担心煤气泄漏,无法出门。

"嗨,你还真聪明。"伊良部很是佩服,一副单纯的样子,"说不定你这样就把担心的根源切断了,病就治好了。"

义雄抬起头来。

"一切都要先下手为强,只要把烦心事的根源封杀掉就行了。所以,岩村先生,你肯定会痊愈的。"

伊良部口中第一次说出鼓励的话。义雄不由得眼角发热。

"但如此一来,煤气后面还有电的问题啊。"伊良部说。

"啊?"

"比起煤气泄漏来,其实更多的火灾是由漏电引起的,比如配电线路太乱啦、电视的显像管自燃啦。"

伊良部居然说起这些。义雄的大脑中又浮现出家中的情形。插排上插着好几样电器的插头,周围的书和资料堆积如山,一旦着火,会马上引燃……他脸上渐渐没了血色,指尖微微抖动。

回去后一定要排查配电线路混乱的问题。最密集的就是电脑桌周围,台灯和收录机要收到壁橱里。可是,显像管着火该怎么防备?

"大夫,且不说配线问题,电视引发的火灾也算我的责任吗?"

"这个嘛,你可以跟厂家打官司啊。"

义雄又是一阵头晕。他是现场记者,最清楚告企业是何等不利,而且还不知要消耗多少神经细胞。

干脆不要电视了?

不,这才荒谬。首先,所有家庭都有电视机,只有自己一个人担心这个问题是不公平的。

"大夫就不担心自家的电视吗?"义雄问。

"我家是液晶的,没有显像管。"伊良部得意地咧开嘴,"是壁挂式的最新款,花了我一百五十万呢,呃呵呵。"

义雄泄气了。要不就趁这个机会换一台电视?反正家里的已经是十年前的老型号了。

可就算如此,漏电的问题又该怎么弄?如果每次都拉下总电闸,电话和传真的留言功能就没法用,冰箱里的东西也会腐败变质……

"房龄超过二十年,墙壁中的配线就会受损,有时候还会出现老鼠啃咬的情况。"伊良部说。

"大夫,求你别吓唬我了。"义雄急得屁股都痒痒起来。

"抱歉、抱歉。"伊良部开心地笑着,"对了,你要不要来杯咖啡?喂,真由美。"

房间一角的护士正撩起白大褂咯吱咯吱地挠大腿。

"最好赶紧回家检查一下有没有漏电的地方哦。"护士懒懒地说完,把视线移向窗外。

对啊,得赶紧回家。焦虑的心情又涌到了嗓子眼。

确认一切平安之后,就去买台小型液晶电视。既然冰箱没法用了,还得去弄一个保冷箱。

"失陪了。"义雄的声音竟微妙地发抖。

"急什么,这么快就回去?铁路对面那家医院的事还没听我说呢。那些家伙把无法治愈的患者当成了药罐子,虽然我们这儿也这么搞……"

义雄哪儿还顾得上这些。一离开医院,他就跳上出租车直奔家中,紧盯着公寓所在方位的天空。这似乎成了他的程式化动作。

他望着早春的蓝天,心情不断消沉下去。

"今后可怎么办?"

3

犹豫再三，义雄决定外出时关闭煤气总阀、拉下总电闸。

冰箱里只留饮料，生鲜的东西一概不买。

桌子周围的电器产品也整理过了。他放弃台灯，决定戴施工用的带有头灯的帽子，完全是一道无法向他人展示的风景。

"岩村先生，你家的留言电话怎么打不通了？"木下问。

"有手机啊，你打手机好了。"

"可是，传真发挥不了留言功能很不方便。"

"那个，十年前哪有这种东西。给我邮寄校样就是了。"

"这都哪儿跟哪儿啊……"木下噘着嘴说。义雄也觉得自己肯定被当成了怪胎。

甚至在洽谈中听到消防车警报的时候，尽管离自己家有十多公里，他也会忽然产生一种坏念头，"万一……"然后脸色苍白，甚至中途退席回家。

来洽谈的人看到义雄脸色苍白，还以为是父母病危之类的情况。后来义雄解释清楚后，对方才挺着身子生硬地笑起来。

他还真给公寓前面的香烟店打电话了。出于工作原因，他要到地方上去一趟，当天早晨花了两个多小时检查完才出门。可是在东京站的站台上，还是有一股无法忍耐的不安朝他袭来。插排上冒着烟、煤气管漏着气的情形浮现在大脑中，他连膝盖都在发抖。

他没有勇气直接乘新干线。因为家里着火的情形一路上都会萦绕在脑海里。如果折返的话,又会给很多人带来麻烦。

义雄通过一〇四查到那家香烟店的电话,用手机毫不犹豫地打过去。接电话的正是平时看店的大妈。

"打扰了。正门的公寓,有没有从四楼冒出烟来?"

由于有过前例,对方似乎明白是义雄打的电话。

"拜托您了。只要告诉我有没有着火就行。"

大概是被义雄急切的语气镇住了,大妈怯生生地回答了一句"没着火"。

虽然出差是应付过去了,但以后就不好在公寓前堂堂正正地走路了。义雄总是拉低棒球帽,避开香烟店,一溜小跑地过去。他对眼前的状况难以置信:我这是在干什么呢?

义雄从小性格活泼,当过班委和学生会干部。他喜欢让人围在身边,让大家开怀大笑。如今,他却被莫须有的火灾夺走了心智,连自由外出都不行了。

体重增加了三公斤,因为他停止了做饭,完全依赖饭馆的便当和比萨外卖过日子。

电视也换成了便携式液晶电视。

手机充电时,他会一直监视着它,直到红灯熄灭为止。

这时,一位家住最顶层的老太太却求他一件事。义雄所住的四楼走廊的荧光灯坏了,她希望义雄能给换一下。这位老太太的丈夫已经去世,她一个人生活,连换荧光灯都是件难事。

这是小菜一碟,义雄立刻爽快地答应了。他踩在椅子上,立马换好了。

"打扰你了。"老太太郑重地向他点头致谢,上楼而去。助人为乐之后,义雄心里也很爽快。

只是到了夜里,他呆呆地仰望着房间的荧光灯,心里却忽然忐忑起来。

这座公寓已经很旧了。各个房间每次换房客时都会进行修缮,但忽略保养公共空间设施的可能性很大。当然,配线等肯定是刚竣工时的状态。

不行,不可以——义雄慌忙打消念头。公寓的走廊又不是自家的,关自己什么事。

老太太慈祥的笑脸浮现在眼前。义雄用手掌拍了好几次脸。

漏电……

"哇——"他独自叫了起来,脸上一层汗。

着火……

尽管脸发烫,后背却冒着凉气。

走廊是水泥地,不会轻易燃烧起来。他拼命说服自己。

嗯?慢着!荧光灯前面的那家住户,总是把纸箱子放在走廊里。那好像是矿泉水的空箱子。如果起火,肯定就是因为这些箱子。

义雄来到走廊，按响那家的门铃。"谁啊？"一个女人的声音传来，出来一个染着金发的年轻女子。

"那个，我是住在那个角上的住户，能不能请你别往走廊里放纸箱子？"

"啊？"女人一脸诧异。

"希望你放到里面去。"

义雄一本正经。大概看出他是来抗议的了，女人竖起眼梢，说道："这是送货上门的健康水，是我出门时快递人员放在这儿的，空瓶子也会回收走。我也没办法啊。"

"走廊里不准放东西，我想您大概已触犯《消防法》了。"

"我给你添麻烦了吗？"对方红着脸说，"一个小箱子，房东都没说什么。"

"不，万一着火，这东西会燃烧的。"

"啊，你是不是脑子坏了？这儿为什么会着火？"

"那边的荧光灯，"义雄指指天花板，"一旦漏电，说不定就会着火。"

"我可喊警察了啊。"女子尖厉的声音直刺耳朵，说罢猛地关上门。

义雄把手杵在腰上，叹着气。怎么办？他回到房间，吃了点便利店的便当，把晚饭打发过去。

他躺在床上，想读一读工作所需的书，可走廊的问题却始终占据着大脑,一个字都读不进去。

他几次走到玄关,从猫眼中盯着走廊。

目前还没有漏电的迹象,只是不知道以后会发生什么。那荧光灯可是自己换上的,自己也有一定的责任。

义雄把椅子移到门廊的三合土上,用电话簿垫高,坐在上面监视走廊,一边还不时看几眼书。

虽然不方便,但也很无奈,因为不这样做,他一秒钟都无法安心。

他连回公寓的住户都一个个审视一遍。以前竟没发现,隔着两家的邻居是一对同性恋,正在走廊里调情。

真羡慕那些无忧无虑地生活的住户。几个月前,自己明明也是这样的,究竟是哪里出了差错?

夜半时分,他披上毛毯,一面揉着发困的眼睛一面监视走廊,直到第二天早晨。

清晨六点,早起的老太太下楼,把各层的电灯都关了一圈。

这样,义雄才终于能睡着了。

后背僵硬,他感到疲劳不堪。下一次打算让伊良部注射一些维生素。

"那就打两针吧。"伊良部两眼放光。义雄的胳膊和屁股都挨了特大注射器的扎。"一针是白送你的。"伊良部连声音中都夹杂着喘息。

义雄把昨晚到今早的事全告诉了伊良部。他倾诉着自己的窘境，照这样下去，今晚也会做出同样的举动，心情十分郁闷。

"如果你总是这样担心火灾，到最后肯定会担心有人纵火。"伊良部坐在沙发上说，今天的姿势像女人似的。

"什么意思？"

"因为引起火灾的普遍原因，既不是处理烟蒂的问题，也不是漏电，而是纵火。岩村先生，你很快就得整晚在公寓周围巡逻了。"

"不，如果是放火，我大概不会担心。"

"为什么？"

"因为我自己的责任为零。"

"嗯？"伊良部噘着嘴唇，咯吱咯吱地挠头，"总之，岩村先生，看来你只是对自己稍微负点责任的事持有强迫观念。一旦参与了什么，你就完了。"

听伊良部这么一说，义雄也似乎明白了疾病的本质。如果看到别人换了走廊里的荧光灯，自己肯定毫不担心。正因为插手过，才转化为自己的问题。

"我想到一个好主意。"伊良部一拍膝盖，"你去当公寓的管理员不就行了？"

"啊？"

"我想你一定会成为一名优秀管理员，因为你这么担心火灾。"

"不行。"义雄皱着眉说道,"这样我不得连房客的火种处理情况都要担心了吗?"

首先,自己作为一名现场记者,肯定前途无量,怎么能在这种时候裹足不前?

"那,要不你试试真正的治疗?"伊良部说完,从沙发上站起来,左右扭扭腰,"一种行为疗法。"

义雄仰头看着他。治疗?他心中仿佛射进了一缕阳光。真的有治疗方法?

"跟我来。"伊良部走出诊室。义雄跟在后面,临出门时跟护士对视了一眼。对方仍然一副漠不关心的态度,倏地扭开头。

二人离开医院走到大街上。到底要去哪儿呢?尽管有些诧异,义雄还是跟在后面。伊良部嘴里哼着小曲。从身后看去,他活像一个布娃娃。义雄甚至想想找他背后有没有一条拉链。

穿过铁路,不一会儿便来到一面高耸的砖墙前。墙对面有好多樱花树,连成一片。义雄闻到了植物清新的气息。花蕾马上就要绽放了。

他抬头望着眼前的建筑物。护士们正在走廊里来来往往,一看就知道是一家医院。

"墙对面就是中庭,是医生和医护人员休息的场所。"

伊良部开口说。他葫芦里到底装的是什么药?

"那边的绿化带里有碎石子,你去捡块够大的。"

伊良部弯下腰，物色着石子。义雄很纳闷，可仍旧模仿着他的动作。

"来，扔！"伊良部说。

"等等。"义雄瞪大了眼睛，"要是砸到人怎么办？"

"但砸不到的可能性更高。"

"这都哪儿跟哪儿……"

"这个地球上，没人的地方比有人的地方大得多，所以就算你闭着眼睛扔石头，还是砸不到人的概率大。"

"什么逻辑？这儿可是东京的市中心，更重要的是，墙对面就是医护人员的休息场所。"

"真是瞎操心。岩村先生，正因为这样，你才会担心漏电。"

"不，这个不一样。"

"一样、一样。"伊良部露出洁白的牙齿，"走——"说着，他毫不犹豫地朝对面扔出石头。

一块乒乓球大小的石头在蓝天中画出一道美丽的抛物线，消失在墙对面。在地上弹跳的声响随之传来，并没有听到叫声。

"没人吧，"伊良部笑了，"不过真没劲，上次还听到有人呵斥了一句'谁'呢。"

"大夫，我也要扔吗？"义雄不安地问。

"这是治疗啊。"

"真的吗？"

义雄半信半疑地将石块拿在手里。只要跟伊良部在一起,自己就像是被什么东西控制住了。

他偷偷地朝着樱花树扔了过去。

"不行不行。"伊良部夸张地摇着头,"必须要拉开架势,带着那种'管他呢'的感觉去扔,反正这是一家缺德的医院。"

"大夫,我们是不是偏离正题了?"

"没偏,没偏。"伊良部独自放声大笑。

义雄再次拿起石头,咽下一口唾液,想象着石头击中一名美女医生额头的情景。他脸色发白。

"大夫,还是不要扔了吧。砸到人可不好。"

"你管那么多干什么?"

"可是,就是要多加考虑啊。"

"胆小鬼,看我的。"伊良部又扔了一块石头,这次击中了建筑物的墙壁。

义雄心怦怦直跳,连忙看看周围有没有目击者。

伊良部却根本不在乎周围有没有人,仍在物色着石头。

自己就够奇怪的了,可这家伙更奇怪。

义雄想,这个世界上有些人让人担心,也有些人总在担心别人。伊良部是前者,自己则是后者。正由于后者连前者都要担心,这个世界才会保持和平。

多不公平啊,应该人人都担心点什么才对。

义雄气运丹田,做出一副要扔石头的架势。

"哦,想扔了?那我也跟你一起扔。这样就不知道哪块石头是谁扔的了。"

嗯?什么意思?总之,义雄还是尽情地把石头高高抛起。两块石头消失在医院的院子里。

接着,砰的一声传来玻璃破碎的声音,还是那种厚厚的玻璃发出的巨大声响。

伊良部扭头就跑,庞大的身体噌噌噌地往巷子里钻。

"大夫,等等我。"义雄也慌忙追过去。

"刚才是你扔的石头打碎的。"伊良部摇晃着下巴上的赘肉说。

"凭什么?你有什么证据?"义雄气喘吁吁,很多年没这么全力奔跑过了。

"下次就扔燃烧瓶。"

"你在说什么呢?"

"治疗,治疗。啊哈哈。"

义雄无言以对。

世上的人如果全都像伊良部一样,恐怕地球上大半的烦心事都会烟消云散。

妈的,凭什么只有你一个人悠闲自在!

可是,刚才的行为会不会被人看到啊?义雄胸口深处一阵刺痛。

多么倒霉的差事!他在大街上发足狂奔。

4

义雄的"习惯性地确认行为"在逐渐扩大范围。只要是用手碰过的东西,事后他都担心起来。

跟伙伴在烤肉店吃饭的时候,义雄说着"把火熄了吧",就伸手把炉火熄灭了。然后,他担心自己会不会没有关死,煤气现在正在泄漏,便深更半夜又去敲人家店里的卷帘门,结果店员打了一一○。

他担心的对象已经不仅仅是火。比如,他在车站前扶起一辆倒在人行道上的自行车,之后就会浮想联翩:撑子是不是完全撑好了?会不会歪倒伤到别人……他在电车里又担心起来,不顾一切地折返回去。

所以,当一名年轻女孩的车子爆了胎,求他帮忙给换一下轮胎时,他当即拒绝,否则他肯定就会担心后果,比如螺栓有没有固定好之类。

看着女孩一脸难以置信的表情,义雄不禁为自己的未来悲观,这样下去,想结婚是够呛了。

且不说伊良部说的公寓管理员如何,他甚至还想到了去海上监视可疑船只的工作,因为他最擅长监视。

就在这些意志消沉的日子里,又发生了一件雪上加霜的事。

上次采访的那个流浪诗人居然猥亵了好几名女高中生。看来是利用刊登义雄报道的杂志取得了女孩们的信任。女高中生们没有去警察局,而是跑到编辑部来抗议。

"我不是早就说过了吗?那男人肯定是个骗子。岩村先生太天真了,居然让那个假装反体制的骗子给耍了。"

木下的指责让他无言以对。更重要的是今后的对策。哪怕是为了避免更多人受害,他也要抓住这个男人。

"你管那个干什么,由他去吧。"木下气定神闲,"就算是猥亵,也顶多是摸摸胸部之类,女孩们肯定是啊地尖叫一声就逃了。他只是个小人物。还有,这些女孩也真是,也不知是谁出的馊主意,居然还说'你们怎么赔偿吧',勒索起了钱财。我把从女性杂志编辑部那儿昧下来的化妆品试用装连箱子都送给她们,她们才罢休。"

"可是,性犯罪会成瘾的。"

"又来了又来了,岩村先生,你真是瞎操心。"

"毕竟是刊登在杂志上了,我们起码也有道义上的责任。"

"当然没有。是特大报道的话另当别论,充其量只是一页纸,就算杀了人也跟我们没关系。"

杀了人?义雄又听到了不愿听的事情,心中充满了黑色的空气。

越是胆小的人越容易陷入恐慌。他不由得一声哀鸣,赶紧掐住脖子,生怕自己露馅。

义雄抱着头。这一点恐怕跟自己没关系了吧——

向伊良部咨询后,伊良部竟笑着说:"就算是扔原子弹,也和你没关系。"

义雄稍微安下心来。最近,去伊良部医院成了他的精神食粮。虽然出门时依旧要花费两个小时,可到了医院,他就能神奇地安下心来。这大概类似于"动物治疗",和在动物园看着骆驼、水牛的感觉很相似。

"抓住那个男人,让他往那家医院扔燃烧瓶。"

只是他搞不懂伊良部到底在想什么。伊良部今天又谈起了"行为疗法"。

"大夫,不能像上次那样了。"

"没事。这次我已经把目标锁定在院长身上了。"

"啊?"

"因为他是个坏家伙,跟制药公司索取回扣,还到处说我们医院的坏话——"

"大夫,这样会招来警察的。"

"没事、没事。他心里有鬼,绝对不敢找警察。"

伊良部露出洁白的牙齿,两手摇晃着肚子。

"顺便问一下,你究竟要干什么?"义雄小心翼翼地问。

"我想把院长奔驰车轮胎的螺丝卸掉一半。"

"绝对不行。"义雄断然拒绝,"万一在行驶途中造成轮胎脱落怎么办？"

"那肯定就出事故了呗。"伊良部毫不在乎。

"万一死了人怎么办？万一伤及无辜怎么办？"义雄唾沫星乱溅，拼命反驳。

"那就赌一把吧。赌一赌轮胎会不会脱落，会不会发生事故，会不会死人。"

"你这么做到底是为什么？"义雄连声音都变了调。

"训练你积极思考啊。"伊良部油嘴滑舌地说道。

"胡说！你指使我干这个，是不是想报复平日里对竞争医院的仇恨？"

"啊，还是让你看穿了啊。"伊良部一下泄了气。

"你以为我不知道！"

义雄浑身无力。还是从医学书里找治疗方法吧，伊良部只能当成一个聊天的伴儿。

更要命的是那个流浪汉，总之绝不能放过他。

义雄来到代代木公园。他捉住流浪汉就询问，可大家都异口同声地说"最近没看见他"。那个男人肯定没法在原宿待下去了。

无奈，义雄把寻找范围扩大到了涩谷和新宿。他的大脑中始终浮现着那个男人拿着自己写的报道给少女们看，实施淫乱行为的身影，永远都抹除不掉。

"你没事吧？"木下朝他抛来白眼，"过不了多久，你是不是连邮筒涂成红的都说是自己造成的？"

连载的人选他已经交给木下决定了。如果再由自己选，恐怕连人家的身份都要彻头彻尾地调查。

流浪汉们似乎都有千丝万缕的联系，只要发现一个与那家伙相熟的人，就能顺藤摸瓜得到一系列信息。在惠比寿、在中野都有人说见过他，可是，那个人似乎总是漂泊不定，义雄每次赶过去都会扑空。

荒谬！就算真找出他来，也没打算去告发他。义雄叹了口气。即使看到那个男人，肯定也是警告他三言两语就算了。"喂，请你不要乱用那篇杂志报道！"这样自己可以安心，肩上的重担就能卸下来了。

发端只是一个小小的烟蒂余火的处理问题，怎么会一步步发展到这种地步？他从小就有比别人强一倍的责任感，但很胆小也是不争的事实。修学旅行中做班干部时，他就曾多次点名，弄得大家怨声载道，因为他害怕出问题。

不久，他听到消息，有人在池袋西口公园发现了那个男人的踪迹。

义雄立刻赶去，发现那个流浪诗人果然正在公园一角做生意。"终于找到了！"他不由得叫起来。男人仍然在向女高中生兜售自己写的诗。

"喂,你!"义雄一声吆喝,"可让我找到你了!"

男人眼看着脸色发白,畏畏缩缩。

"我写的那篇报道,请不要再拿来干坏事——"

他话还没有说完,男人拔腿就逃。喂,不要误解!义雄心中喊着,追了上去。男人脚下一绊,摔倒在地。

"你用不着逃。"义雄抓住他的胳膊,把他拉起来,"我又不会把你交给警察……"

一阵撞击朝下巴袭来。义雄挨了一拳头,脸上顿时火辣辣的。

男人拼尽全力朝公园外跑去。义雄紧追不舍。什么提醒不提醒,他现在全顾不上了,不还回这一拳誓不罢休。

义雄像警匪片里演的那样在池袋的大街上追击。男人和送外卖的自行车撞到一起,荞麦面飞向天空,正好落在义雄头上。义雄越发来气,发誓一定要抓住他。

义雄在拐角处追上男人,将他扑倒在地。当时也觉得摔倒肯定很疼,身体却不由自主地这样做了。

男人被扑倒在沥青路上。几个小塑料袋从夹克兜里掉出来,散落在路上,里面塞满了白色粉末。

《马路诗人原是毒贩》

《报道遭滥用,现场记者顽强追击》

……

由于解释情况十分麻烦，义雄索性由着媒体报道，却一下被捧成了英雄。他四处逃避，结果又被戴上了"谦虚青年"的高帽，好评如潮。撰稿请求一齐涌来。没想到"习惯性地确认行为"居然阴差阳错为社会做出了贡献。

"太棒了，岩村先生，你变成名人了。"伊良部像自己成名一样为他高兴，"就凭这状态，咱们再去试试行为疗法？"

"讨厌。"义雄依然像平时一样来医院看病。他不清楚究竟挨了多少针。

"至少你已经想开了。正是因为有谨慎的人，我们这个社会的安全才能保证。"

"可始终由我来当守护的角色，太不公平了。"

"那，奔驰轮胎的事必须得干。"

"两者有关系吗？"

"要守护就让别人去守护吧，关我什么事！我们只需要袖手旁观就行了。担心的事只管交给别人就是。比如我们乘坐公交车，几乎所有人都要在下一站下车，比如小区前或是车站前之类。这时根本不需要按下车铃，让别人去按就行了。没事的，肯定会有人按，大家都不愿意坐过站。"

义雄豁然开朗，原来自己就是那个总按下车铃的人。

"既然是院长的奔驰，那就让院长去担心好了，对不对？"

这跨度也太大了，义雄都被弄糊涂了。伊良部到底是聪明还是愚蠢？

"还是我自己来干吧。"伊良部爽朗地笑着说。

义雄和伊良部聊到傍晚，然后离开医院。肚子饿了，他就在附近的餐厅吃了份套餐，溜溜达达地朝车站走去。

他来到上次那家医院的墙壁前，无意间往远处一望，竟发现了身穿白大褂的伊良部。

伊良部正从医院的院子里出来，手里提着一个工具箱。

工具箱？要不要跟他打声招呼？义雄正犹豫间，伊良部钻进保时捷。粗重的引擎声回荡在周围。车灯亮起，保时捷疾驰而去。

不会吧？义雄呆呆地站在原地。他真的卸了人家的轮胎螺丝？这可是正儿八经的犯罪，一旦引发事故，还会酿成伤害罪。

绝不能袖手旁观。哪怕是为了伊良部，也不能袖手旁观！他来到门前窥探里面的情况。探视病人的时间已过，不穿白大褂就无法堂而皇之地进入。

这时，一辆奔驰从里面出现。开车的是一位刚上年纪的男人。

啊啊啊啊，义雄的膝盖抖动起来。无论如何也要拦住他，弄不好会出人命的。

义雄跑着追过去。车子等信号灯时被他追上了，他咚咚地敲打着窗玻璃。男人一脸惊讶的表情望着他。

"请打开窗户，我不是坏人。"义雄大喊。

男人没有开窗,而是满脸害怕的神色,望着前方。信号灯一变绿,车就猛地冲了出去。

这叫什么事啊。那位院长一定误解了。

义雄仍在继续追赶。市区里信号灯很多,车速也提不起来。

尽管如此,自己为什么非要做这种事情不可?伊良部说过,让别人去担心好了,而自己正是那个"别人"。

无论如何也想拦住车子,义雄大喊起来:"喂,拦住那辆奔驰——"他冲着前面扯开嗓门使劲喊。

接着,院长大概是匆忙之间打错了方向盘,奔驰竟一头撞到电线杆上。水蒸气从水箱里喷出,后备箱的盖子也跳了起来。行人纷纷跑上前去。

义雄也追了过去,无意间发现后备箱里竟有几百支塞在透明垃圾袋里的注射器。院长正在驾驶席上口吐白沫。

《院长非法丢弃注射器,问题医院道德沦丧》

《现场记者岩村,执着追击采访》

……

世间真是充满了神奇。每个人的角色都无法改变。

世上既有这种让人担心的人,也有那种你明明没求他,他却偏偏要为你担心的人。性格才是一种不治之症。

"轮胎的螺丝真的不能卸啊。"也不知伊良部是否当了真,如此说道,"那就把他厕所的自来水关掉,让他没法冲大便。"

义雄无言以对。

"看来,你天生就是干现场记者的料。"伊良部深深地陷在沙发里笑着说,"因为乐天派是无法胜任这种工作的。"

人嘴两张皮,横竖都有理。

既然这样,伊良部天生也是当精神科医生的料,因为他天生就是一个让人放松的角色。

"大夫,我搬到本乡一处提供饮食的公寓去住了。"义雄说。

对火灾的担心很难消除,义雄就给自己来了个苦肉计,选择了寄宿生活。一个三十岁的大男人过寄宿生活,也真够奇怪的。

"挺好的啊,跟学生一样。"伊良部十分羡慕,"下次去找你玩。"

义雄当然回了一句"请"。

伊良部咧开嘴,露出一个微笑。

有避难所可真好。义雄对人的好感比以前略微多了一点点。

图书在版编目(CIP)数据

精神科的故事：在游泳池／〔日〕奥田英朗著；王维幸译.－海口：南海出版公司，2016.7
ISBN 978-7-5442-8314-4

Ⅰ.①精… Ⅱ.①奥…②王… Ⅲ.①长篇小说-日本-现代 Ⅳ.①I313.45

中国版本图书馆CIP数据核字（2016）第097408号

著作权合同登记号 图字：30-2016-048

IN THE POOL by OKUDA Hideo
Copyright © 2002 by OKUDA Hideo
All rights reserved.
Original Japanese edition published by Bungeishunju Ltd., 2002
Chinese (in simplified character only) translation rights in PRC reserved
by ThinKingdom Media Group Ltd., under the license granted
by OKUDA Hideo, arranged with Bungeishunju Ltd., Japan through
Bardon-Chinese Media Agency, Taiwan.

精神科的故事：在游泳池
〔日〕奥田英朗 著
王维幸 译

出　　版	南海出版公司　（0898）66568511
	海口市海秀中路51号星华大厦五楼　邮编 570206
发　　行	新经典发行有限公司
	电话(010)68423599　邮箱 editor@readinglife.com
经　　销	新华书店
责任编辑	翟明明
特邀编辑	贺　静
装帧设计	韩　笑
内文制作	田晓波
印　　刷	三河市宏图印务有限公司
开　　本	880毫米×1230毫米　1/32
印　　张	7.75
字　　数	143千
版　　次	2016年7月第1版
印　　次	2016年8月第3次印刷
书　　号	ISBN 978-7-5442-8314-4
定　　价	35.00元

版权所有，违者必究
如有印装质量问题，请发邮件至zhiliang@readinglife.com